俺が好きなのは
妹だけど
妹じゃない
お兄ちゃんは
もうちょっと
しっかりして
ください
JN210706
永見祐
Yu Nagami
涼花の兄で高校一年生。将来の
夢はライトノベル作家だが、投
稿作は毎回一次選考落選レベル
涼花の頼みで代理人として作家
デビューすることに。PNは永遠
野誓（とわのちかい）。
永見涼花
Suzuka Nagami
祐の妹で中学三年生。成績優
秀で生徒会長も務めている。兄
妹のイチャイチャラブコメを書い
て、ライトノベル大賞を受賞して
しまう。
OREGASUKINANOHA
IMOUTODAKEDOIMOUTOJYANAI

『わたし、実はお兄ちゃんのことが大好きなんだよ？』
「こんな兄好きなキャラをお前が書くわけないじゃないか？」
「この作品はあくまでフィクションですから！」
『もっとナデナデして欲しいな』

『お兄ちゃんの隣は私だけの指定席なんだから』
『これからは夜もこうやって寝ていい？』
『恥ずかしいけど、お兄ちゃんになら見られても……いいよ』

「く、屈辱だわ……っ！　サインですって……？
私の方がはるかに欲しいわよ！」
氷室舞
Mai Himuro
祐のクラスメート。正体は祐もファンのライトノベル作家の炎竜焔（えんりゅうほむら）。祐（妹）の小説を読んでプライドを粉々にされ、大ファンになる。

アヘ顔Wピース先生
Ahegao W peace sensei
イギリス出身で、美少女ゲームメ
ーカー所属のイラストレーター。
祐たちのライトノベルで挿絵デビ
ュー。鬼畜・凌辱モノのエロゲ
をこよなく愛する。
「先生の作品でエロ同人誌を
作ってみマシた！」

「祐はどんな女の子が好きなの？
や、やっぱり属性としては
同い年で同じクラスにいる女子とかが
鉄板だと思うんだけど？」

「お兄ちゃんの取材のことですから、
こ、これも妹の義務です……」
「先生の一番好きな属性を見つけマショう！
コスはたくさん
持ってきてマスからね！」

OREGASUKINANOHA
IMOUTODAKEDOIMOUTOJYANAI

CONTENTS

「お兄ちゃんは〜〜♪
妹が〜〜好き〜〜♪　です〜〜♪」

俺が好きなのは妹だけど妹じゃない

恵比須清司

ファンタジア文庫

2477

口絵・本文イラスト　ぎん太郎

俺が好きなのは妹だけど妹じゃない

OREGASUKINANOHA IMOUTODAKEDOIMOUTOJYANAI

プロローグ

——何度でも言うよ？　わたし、お兄ちゃんのことが大大大好き！　だから絶対、将来お兄ちゃんのお嫁《よめ》さんにしてね！


「……で、できてしまいました」

私はエンターキーを押し、作品を完成させます。

同時に、顔が急激に熱くなってくるのがわかります。私は赤く染まっているであろう顔を隠《かく》すように枕《まくら》に抱《だ》き付いて、ベッドの上をゴロゴロと転がります。

ゴロゴロ。

「……ふう」

ちょっと落ち着きました。

今までも『お兄ちゃんノート』に同じようなことを書いてきたのですが、一つの作品として書き上げたのは初めてなので、なんだかすごく恥《は》ずかしいです。

もしこれが発表されれば、全世界の人が私とお兄ちゃんの仲を認めることになります。

「それは…………………最高ですね！」

想像すると自然と頬《ほお》が緩《ゆる》みます。えへえへと、我ながらだらしない笑いまで漏《も》れます。

ゴロゴロ。


「…………ふう」

またちょっと落ち着きました。

でもまあ、どうせ入選なんてするはずがありませんけどね。

少し残念ではありますが、そうでなきゃ応募《おうぼ》なんてしません。気楽なものです。

……少なくとも、この時はそう思っていました。


それからおよそ半年後。


私は自分のノートPCに届いたメールを見て立ち尽《つ》くします。

大賞受賞おめでとうございますという文面に、私は呆然《ぼうぜん》とするしかありません。

そして、その時無意識の内に私の口から出た一言が、全《すべ》ての始まりとなるのでした。

「……これって、お兄ちゃんと仲良くなれる絶好のチャンスなんじゃ……。えへ……」

第一章　俺と妹がラノベ作家になった理由

「ただいまーっと」

俺が玄関《げんかん》のドアを開けると、見慣れた靴《くつ》が綺麗《きれい》にそろっているのが見えた。

どうやら妹はもう帰宅しているらしい。

生徒会の仕事があるはずなのに早いな……と思ったが、すぐに俺が遅《おそ》かったんだと気がつく。……まあ、わざわざ新刊欲しさに秋葉原《あきはばら》まで行ってたからな。

俺は十冊近いラノベの詰《つ》まった袋《ふくろ》を抱《かか》え、そっと階段へと向かおうとする。

が、リビングのドアが開いたかと思うと、制服の上にエプロンを着けた涼花《すずか》が出てきた。

「お帰りなさいお兄ちゃん。遅かったですね」

俺はイタズラが見つかった子供のようにギクリとする。

「遅くなる時は連絡《れんらく》をくださいと言っておいたはずですが」

「い、いや、まだ六時をちょっと過ぎたくらいだし、遅いってほどじゃないだろ？」

「夕食の時間にも関係します。こういうことは礼儀《れいぎ》です」

そう言って涼花は俺の抱えた袋を見る。

「また小説を買うためだけにわざわざ東京まで行ってきたんですか？」

「新刊を一刻も早く手に入れるためだからな。それに、店で買うと特典だって付いて来るんだぞ？　これを無視するわけにはいかないだろ、ラノベ好きとして……！」

「よくわかりません」

実感のこもった言葉を軽く切り捨てて、涼花は無表情のまま玄関にしゃがみ込み、脱《ぬ》いだばかりの俺の靴をそろえた。

このいかにも堅物《かたぶつ》そうで、終始真顔かつ冷ややかな態度の少女こそが俺の妹だ。

永見《ながみ》涼花――名門お嬢《じょう》さま学校と名高い白桜《はくおう》女学院で生徒会長を務める中学三年生。

成績はトップ、運動神経抜群《ばつぐん》、人望も厚く、その上カリスマ性まである完璧超人《かんぺきちょうじん》。

家にあっては家事万能《ばんのう》で、できないことを探す方が難しいくらいだ。

性格は冷静沈着《ちんちゃく》、かつ真面目。常に凜《りん》とした雰囲気《ふんいき》で、小柄《こがら》ながら威厳《いげん》まで感じる。

容姿も、兄である俺が言うのもなんだが、街に出れば十人が十人とも振《ふ》り向くであろうほどの美少女。

ここまで褒《ほ》めまくると身内の贔屓目《ひいきめ》がきき過ぎじゃないかと思うかもしれない。

だが残念ながら全て事実だ。

とはいえ、それで俺が何か得するわけじゃなく、実際は逆だったりするから困る。

「しかも、私に隠れてこそこそと部屋に行こうとしていましたね」

「人聞きの悪いこと言うな。これでも一応気をつかってんだよ。お前、こういうラノベとかオタク系のものは嫌《きら》いだろ？」

「別に私はオタク系のものが嫌いなわけではありません。ただよくわからないだけです」

「ラノベの面白《おもしろ》さがわからないなんて人生の十二割を損してるも同然だ！　よし、そういうことなら今から俺がラノベの素晴《すば》らしさをレクチャーして──」

「結構です」

真顔のまままきっぱり拒否《きょひ》する涼花。

……まあこうなるってわかってて言った俺も俺なんだけど。

「それよりもお兄ちゃん、ずいぶんと服装が乱れていますね」

涼花はそう言って手を伸《の》ばし、俺の制服を整え始める。

「昨日洗濯《せんたく》したばかりなのに妙《みよう》に汚《よご》れてますし、ネクタイもよれよれです。袖《そで》のところのボタンなんてとれかけてますし、そう言えば靴も汚れてました。どういうことですか」

「……いや、帰り道の公園で木に登って降りられなくなってる子猫《こねこ》がいてさ。飼い主らしい女の子も泣いてたから、いっちょ助けてやるかーなんて思って」

「……それは立派ですね」

「ほら、こういう場面で助けるのがラノベ主人公的にも当たり前だろ？」

「意味がわかりません」

一瞬《いっしゅん》感心したような涼花の顔が、瞬時に冷え込む。

「やっぱりラノベ作家を志す者としては、常日頃《つねひごろ》からラノベ主人公の気持ちを理解するために相応《ふさわ》しい行動を取らないといけないと思うんだ。うん」

「意味不明な自己完結をしないでください」

「それにあれだ、こうやって子猫を助けておくと、いつか美少女になって恩返しにやって来て物語が始まるかもしれないし……」

「お兄ちゃん、頭の病院に行きましょう」

涼花の視線がいよいよ冷たくなってきて、俺はハッと我に返る。

「ち、違《ちが》うぞ？　本気でそんな中二病的なことを考えてるわけじゃなくて、あくまでもこういう妄想《もうそう》がラノベ執筆《しっぴつ》の役に立つという話でだな！」

「やっぱり意味がわかりません」

そこで涼花ははぁ……とため息を吐《つ》いて、

「お兄ちゃんはもうちょっとしっかりしてください」

と、いつもの言葉を口にした。

ほとんど毎日のように聞かされている台詞《せりふ》だが、こうやって本当に呆《あき》れられながら言われると、さすがにちょっと凹《へこ》む。

この一連の流れでわかると思うが、俺の妹はしっかり者だ。

ただし、頭に「超」が付くほどの。

優秀《ゆうしゅう》すぎる自分が基準なので、注意の内容も厳しく、かつ細かい。

そして俺は、いつもその標的にされているのだ。

一方で、俺達の間には兄妹《きょうだい》らしいと思える交流はなかった。

世間一般《いっぱん》でいう兄と妹と言えば、わがままな妹に対して兄が「しょーがねーなー」って感じで接するのが普通《ふつう》なんじゃないかなと（俺は勝手に）思っているのだが、そんな微笑《ほほえ》ましいやり取りなど、俺達の間にあったためしはない。

「とにかく、上着は脱衣籠《だついかご》に入れておいてください。ボタンは後で私が直しておきます。靴は夕食までにきれいにしておいてください」

テキパキと指示を出し、不機嫌《ふきげん》そうに俺を睨《にら》んで涼花はリビングへと戻《もど》る。

「あと、帰ってきたらまず手洗いうがいです」

最後にそう言い残して、ドアを閉める涼花。

俺は盛大にため息を吐いて首を振るが、すぐに気持ちを切り替《か》えて洗面所へと向かう。

それはもうまるっきり俺達の日常の光景で、いちいち気落ちすることじゃないからだ。

……そう言えば、ラノベにはいろんな妹キャラがいる。それと一緒《いっしょ》に兄キャラも出てくるわけだが、みんながんばってるなーといつも感心してしまう。

俺の場合、兄としてがんばる機会さえ取り上げられちまってるからな……。

まあ、だからどうってわけじゃない。

どうってわけじゃないけど。

ごくたまに、そういった兄達が羨《うらや》ましいなーと思うことが、なくもない。


俺の名前は永見祐《ゆう》。ごく平凡《へいぼん》な高校一年生を自認《じにん》している。

成績は上の中くらい。特技はない。容姿は……、まあ普通だと思う。

唯一《ゆいいつ》、人と変わった点があるとすれば、ラノベが好きということくらいだ。

好きと言ってもただ読むだけじゃない。俺の場合、自分で書いてもいるのだ。

ラノベ大賞には、中学一年くらいの頃《ころ》から応募もしている。

ただ、結果は毎回一次選考落選。通算何連敗中かは……、まあ、いいか。

そんな俺だが、いつか大賞を取ってラノベ作家としてデビューするのが夢だ。

両親に将来の夢を訊《き》かれた時もそう答えたし、学校でも訊かれたらそう返す。

いわゆるオープンオタというやつだが、別にそれで目立っているわけでもない。TPOはわきまえているし、そもそも今の時代、オタク趣味《しゅみ》なんて別に珍《めずら》しくもないだろ？

家族は俺と妹、そして両親の四人。家は二階建ての一戸建て。比較的裕福《ひかくてきゆうふく》な家庭で両親は共働きをしている。親父《おやじ》もお袋も忙《いそが》しいのか、家を空けることが多い。帰ってくるのは夜遅《よるおそ》く、もしくは最初から帰宅しない場合も多々ある。

そうなると、自然と妹との疑似《ぎじ》二人暮らしになるのだが、寂《さび》しいと思ったことはない。

ただ、別の問題で困ることはあった。具体的には、今みたいな状況《じょうきょう》がそうだ。

「…………」

「…………」

夕食の席。俺と涼花はリビングのテーブルで向かい合って食事をしていた。

お互《たが》い無言のまま黙々《もくもく》と箸《はし》を動かす。

涼花の作る料理は本当に美味《おい》しいのだが、こうも静まり返った状況だとせっかくのご馳《ち》走《そう》も色あせてしまう。だから俺は時々なんとかしようと試みるが――

「……なあ涼花。テレビつけてもいいか？」

「なにか見たい番組でもあるんですか？」

「いや、特にないけど」

「じゃあダメです。私、うるさいの嫌いですから」

……まあ、大体こうやって撃沈《げきちん》するのが常だった。

でも今日は珍しく、もうちょっと食い下がってみようと思って俺は続ける。

「……でもさ、こうやって二人だけの食事とか、寂しくないか？」

「お父さんもお母さんも、お仕事なんだから仕方がないです」

「そうだけど、会話の一つもないっていうのはちょっと」

「それもそうですね。ではどうぞ」

それはつまり……、俺に話題を振れと？

にしても「ではどうぞ」から始まる家族の会話ってどうなんだ？

……でもまあ、とりあえず会話の糸口になったことには変わりないからいいか。

「えーと……、学校生活はどんな感じだ？」

「普通です」

「いやいや！　会話はキャッチボールだろ!?　そこで終わらせるなよ！」

「と言われても、漠然《ばくぜん》とどんな感じと訊かれても困ります」

「わ、わかった……。じゃあ、生徒会長の仕事はどうだ？」

「今日は書類整理くらいでした」

「だから、もうちょっとこう会話が膨《ふく》らむような受け答えをですね！」

「……私には、特に話すようなことはないので仕方ないです。お兄ちゃんならもっと何か話題があるんじゃないですか？」

「う、俺か……。そうだな……、そう言えばこの前偶然《ぐうぜん》神作品を発見してな。いや、俺も数多くのラノベを読んできたがまだまだ埋《う》もれてる良作はあるもんで――」

「すいません。ラノベといわれても私にはよくわかりません」

「……ですよねー」

会話終了《しゅうりょう》。収穫《しゅうかく》といえば、俺達の間には共通の話題など存在しないということがわかったことだけ。そうこうしているうちに食事も終わる。

妹は後片付けにキッチンに向かい、俺は風呂《ふろ》を入れて自室へと戻った。

俺達兄妹の関係は一事が万事こんな感じだった。一言で言うとよそよそしい。常に間に壁《かべ》があるようなものだと考えてくれればいいだろう。

「いつからこんなことになったのやら……」

俺は湯船につかりながら、ぼやけた天井《てんじょう》を見上げる。

いつからって……、あの時からだよなぁ。

遠い記憶《きおく》の彼方《かなた》からあの泣き顔が浮《う》かんできて、俺は慌《あわ》てて首を振る。

「……今更《いまさら》考えたって仕方のないことだ。うん」

俺はお馴染《なじ》みの結論を呟《つぶや》き、風呂から出た。

自室に戻る途中《とちゅう》、隣《となり》にある涼花の部屋のドアをノックする。ドア越《ご》しに風呂が空いたことを告げると「はい」という返事が聞こえた。俺はそれを確認してから自分の部屋へと入り、妹のことは頭から追い出すと、机の上に今日買ってきた新刊を並べた。

「八、九、十冊と……。さて、どれから読むか」

どのラノベを選ぶか迷う。この一時は、俺の生活の中でも最も楽しい部類の時間だ。

しばらく迷った後、俺は『スカイ・マジック・ガーディアン』略して『スカマガ』の三巻を手に取る。これは俺の尊敬するラノベ作家、炎竜焔（えんりゅうほむらと読む。かっこいいので将来付けるペンネームの参考にするつもり）先生の作品だ。

いわゆる魔法《まほう》バトルもので、空中を飛び交《か》いながら繰《く》り広げられる戦闘《せんとう》が燃えるのだ。

「この前はいいところで終わってたからな。さて、今回はと……」

残った九冊を丁寧《ていねい》に袋《ふくろ》に戻すと、俺はベッドに身を投げ出してスカマガの世界へと入っていく。黙々と作品を読み続け、それからおよそ二時間経《た》った頃、いかにも満足といった感じで俺は本を閉じた。

しばらく余韻《よいん》に浸《ひた》っていたが、やがておもむろに立ち上がると、

「天に走る無数の光よ……。我に従い空の穢《けが》れを祓《はら》え！　〈ディバイン・レイ〉！」

情感たっぷりに詠唱《えいしょう》し、虚空《こくう》へと腕《うで》を突《つ》き出した。

もちろん、手のひらから聖なる光刃《こうじん》が出るわけでもなければ、ヒロインを追い詰《つ》めていたワイバーンナイツどもを次々と撃墜《げきつい》していくわけでもない。

……でも、ラノベを読んで燃えた後って、こうなるのが普通だよな？

最近ではもう中二病もネタになってしまったが、一人でいる時はみんな同じことをしてると信じたい。それに、こうやって主人公になりきってこそ、自分でラノベを書く時にリアリティのある描写《びょうしゃ》ができるってもんだ。

「やっぱこういう詠唱っていいよな……。次回作はその方向でいくか」

俺は机に向かうと、ノートPCを起動させた。

炎竜先生からもらった熱が冷めないうちに、執筆活動へと移ろうと思ったのだ。

が、文書作成ソフトを立ち上げていると、ふとPCの日付が目に入った。

「……大賞発表って、確か今日だったよな？」

大賞とは、俺も応募《おうぼ》している皇《すめらぎ》ファンタジー大賞のことだ。

ラノベ作家の登竜門《とうりゅうもん》。賞をゲットすればもれなくデビュー。

……でも残念ながら、俺はもう一次選考で見事落選してしまってたり。

「へっ、俺が落ちた賞の大賞なんてどうでもいいね！　こっちはラノベ作家になるため、流星《りゅうせい》とかＮＪとかにも、なりふりかまわず応募してんだ！」

と言いつつ、ブラウザを開いてチェックする俺。……いやだって気になるじゃないか！

それに、受賞した作品を読んで分析《ぶんせき》することも今後のために重要だしな！

「って、俺は誰《だれ》に言い訳してんだ……？　それより結果だ結果！　えーと、……お、今回は大賞が出たのか。珍しいな」

皇ファンタジー大賞はクオリティ重視だから、大賞が出ないこともよくあるのだ。

俺は期待しながら大賞受賞作品を確認する。そこには——


〈お兄ちゃんのことが好きすぎて困ってしまう妹の物語です。〉


「……こ、これまたどストレートなタイトルが来たな」

何の捻《ひね》りもないが、それだけにインパクトの強い作品名に、俺は唸《うな》る。

最近のラノベ業界、奇抜《きばつ》なタイトルなんてそれこそ掃《は》いて捨てるほどあるけど、これほど真っ向勝負な作品も珍しかった。

「名前からして妹モノのラブコメか。作者名は、えっと、永遠野誓《とわのちかい》……？　変な名前」

ま、ペンネームはどうでもいい。問題は作品そのものだ。

正直、めっちゃ読みたい。書店に並んでたら、タイトルだけで即買《そくが》いなレベルだった。

しかも、妹モノってのがまた興味をそそられる。俺の部屋にはラノベばかりがギッシリ詰まった本棚《ほんだな》が三つくらいあるのだが、妹ヒロインの作品の比率がなぜか高いのだ。

……あ、違《ちが》うぞ？　別に妹だからどうってわけじゃなくて、面白《おもしろ》いと思った作品を買ってたら自然とそうなっただけだからな？　リアルで妹がいるのに、そういうアレなことは決してないから！

「って、だから俺は誰に言い訳してるんだって！　……そ、それにしても、大賞がこんな潔すぎるラブコメとか、これだから最近のラノベ業界は……」

俺は憎《にく》まれ口をたたきながらも、選評に目を向ける。そこには選考委員を務める先生方のコメントが並んでいたが、どれもこれも大絶賛だった。

「全《すべ》ての妹モノを過去にする作品だ！」とか「際限ないデレの嵐《あらし》がまさに圧巻！」とか「発売されればラブコメ業界に激震《げきしん》が走る！」とか、そういうすごい意見ばかりで期待はいよいよ高まる。スマホの購入《こうにゅう》予定表にメモをしつつ、俺はニヤリと笑った。

「……さてと、じゃあそろそろ自分の作品に取り掛《か》かるかね」

そう言ってキーボードを叩《たた》こうとした時だった。

——コンコンッ。

「ん？　はーい、いるよ」

いきなりドアをノックする音が聞こえて、俺は返事をしながら振《ふ》り向く。

しかし、なぜか何の反応もなかったので、訝《いぶか》しがりながらドアへと向かった。

「誰だ？　……って、え？」

ドアを開けると、俺はそのまま固まってしまった。

なぜならそこには、想定外の人物——涼花が立っていたからだ。

妹が俺の部屋を訪ねて来たことなんて、今まで一度もなかったのに。

「……涼花？　……な、なにか用か？」

あまりに意外な展開に、おっかなびっくり訊《たず》ねる。

「……お話があって来たんです」

しかし涼花は、いつも通りのちょっと不機嫌《ふきげん》顔で、そんなことを言ってきた。

「お話って……、俺に？」

「お兄ちゃんの部屋を訪ねて、お兄ちゃん以外にお話できる人がいますか？」

「俺の部屋の押し入れが突然《とつぜん》異世界につながって、そこから美少女が出てくる可能性がゼロじゃない以上、いるかもしれないと答えるしか……」

「相変わらず何を言ってるかまるでわからないんですが……。とにかく、私はお兄ちゃんに話があって来たんです」

「お前が、俺に話がある……？」

「何度も訊《き》き返さないでください」

……いや、それはちょっと無理な相談だろ。

あの涼花が俺をわざわざ訪ねて来て、何の話があるってんだ？

思いつくのはまたぞろ説教の類《たぐい》くらいしかないが、今のところ心当たりはない。

とはいえ一応脳内検索《けんさく》をかけてみると、一件だけ真新しいデータが出てきた。

……これは、ヤバイ。先に謝るしかない件だ。

「すまん涼花。うるさくしたのは謝る。ただちょっとハッスルしちまってな……」

「え、それはどういう」

「ラノベを読んで興奮してポージングを決めるのは、ラノベ好きとしては仕方ないことなんだ……。ポージングには決め台詞《ぜりふ》だって必要だしな。ただ、お前の部屋まで聞こえるほど大声を出したのは悪かった。次回からは気をつけるよ」

「お兄ちゃんは部屋で一人、そんなことをしているんですか」

……ん？　この反応は、もしかして違ったのか？　ハズレですか？

「えーと……、その件ではない？」

「その件についてはまた後ほど話し合いましょう」

……どうも俺は盛大に墓穴《ぼけつ》を掘《ほ》ってしまったらしい。

「……じゃあ他《ほか》になんの話があるっていうんだ？」

「そのことですが、長くなるのでお兄ちゃんの部屋に入れてもらってもいいですか？」

「はぁ⁉」

思わず素《す》っ頓狂《とんきょう》な声が出た。それだけ、涼花の放った言葉が意外過ぎたんだ。

「お、お前が俺の部屋に⁉　なんで⁉」

「廊下《ろうか》での立ち話で済む話ではないからです。なにをそんなに焦《あせ》っているんですか」

「べ、別に焦っちゃいないけどさ。お前、俺の部屋に入ったことないじゃないか」

「なんですか、そんなにも狼狽《ろうばい》して。見られたらいけないものでもあるんですか？」

俺はその言葉に「あ、あるわけないだろ？」と反射的に答えてしまった。

話の流れというのは恐《おそ》ろしいもので、そうなると「じゃあ入ってもいいですね」となり、
気づいたら俺はドアの脇《わき》にどいて、涼花を部屋に招き入れてしまっていた。

「……うん、今日はちゃんと片付いているんですね」

涼花は部屋を見回しながらそう言うと、一直線にベッドへと向かい、そこに腰掛《こしか》けた。

「……なんでそこに座るんだ？」

「？　だってお兄ちゃんの部屋には椅子《いす》が一つしかないじゃないですか」

「いや、そりゃそうなんだけど……、なんか動きによどみがないっていうか……。って、
そう言えばさっき今日は片付いてるとかなんとか言ってたような」

「……なんのことです？　聞き間違《まちが》いではないですか？」

俺が椅子に座りながらそう言うと、涼花はそっぽを向いてしまった。

「ま、まあいいけど……。で、話ってのはなんなんだ？　しかもこんな時間に」

「……お兄ちゃんに相談があって、来ました」

「…………うん？」

……今、こいつ、なんて言った？

涼花は日本語を話したはずなのに、いまいち理解ができなかった。

「……どうしてそんな微妙《びみょう》な顔をしてるんですか」

「ちょっと、意味がわからなくて」

「そんな難しいことを言ったつもりはないのですが」

「いや『相談』の意味がわからなくて」

「……小学校の国語からやり直した方がいいんじゃないですか」

「バカにするな！　ラノベを書いてる人間に国語辞典は必須《ひっす》なんだぞ!?」

じゃなくて、涼花が俺に相談するって状況《じょうきょう》があり得な過ぎて混乱してるんだよ！

「もう一度言いますが、お兄ちゃんに相談したいことがあるんです」

「それはマジ話なのか……？　ウソとか冗談《じょうだん》とかドッキリとかトラップではなく？」

「どれだけ疑《うたぐ》り深いんですか。しかも最後の単語には悪意を感じます」

「いや……、だって仕方ないだろ？　お前が俺に相談なんて……なぁ？」

「言いたいことはわかります。私だって、普通《ふつう》ならお兄ちゃんに相談なんてしません」

……だろーよ。

「でも、今回ばかりはお兄ちゃんに頼《たよ》る以外ないんです……」

「……なにがあった？」

涼花の深刻な様子に、俺は思わず身を乗り出す。

「……ところで、お兄ちゃんは小説大賞に応募しているんですよね？」

「は……？　いや待て、そんなことより相談はどうした？」

「これも相談の一部です。で、どうなんですか？」

「どうって、お前もあの時聞いてたんだから知ってるだろ」

今から半年ほど前、俺がまだ中学生だった頃《ころ》の話だ。

珍《めずら》しく両親がそろった一家四人の食卓《しょくたく》で、ふとしたことから将来の話になった。

そこで俺はラノベを小説と言い換《か》えて、作家になるのが夢だということと大賞に応募していることを話したのだ。その場には涼花もいたから覚えているはず。

……って、そういやなぜか涼花には、その小説ってのがラノベだって一発でバレたんだよな。……謎《なぞ》だ。

「でもそんなこと、今なんの関係があるんだよ」

「…………………………した」

すると涼花は、俯《うつむ》いたままポツリとなにか呟《つぶや》いた。

「え？　悪い、聞き取れなかった」

「……………………しました」

「……何をしたって？」

声が小さすぎて聞こえない。俺がそう指摘《してき》すると、涼花はプルプルと震《ふる》えていたが、やがて真っ赤になった顔を上げて俺を見据《みす》えると、叩きつけるようにこう言った。

「私がその小説大賞を受賞しました！」

…………………………え？

俺は椅子に座った姿勢のまま、たっぷり一分は固まっていたと思う。

が、涼花の言った言葉が脳内で回り始めると、俺は立ち上がって絶叫《ぜっきょう》した。

「えええええええええええええええええええええええええ!?」

「……今回ばかりは、その反応も甘んじて受けます」

涼花は俺を睨《にら》みつけたまま、不機嫌そうに唇《くちびる》を尖《とが》らせている。

「ど、どういうことだよ!?　お前が大賞を受賞!?　何の冗談だ!?」

「……冗談ではありません。事実です」

と言われても、はいそうですかと軽く信じられるようなことじゃなかった。

しかし、相手はあの涼花。他でもない、完璧《かんぺき》かつ真面目《まじめ》な我が妹だ。

わざわざ俺の部屋にまで来て、こんな下らないウソなどつくキャラじゃない。

「……ほ、本当なのか？」

「本当です」

涼花は断言するが、俺の頭の中はいろんなことがグルグルと回って収拾《しゅうしゅう》がつかない。

Do the
BES

「お、お前って……、その……、小説とか書くの？」

だから、ようやく口から出た質問はどこか的外れなものだった。

「小説というほどのものではありませんが、頭に浮《う》かんだことをノートに書き留めたりすることは、その……、あります」

「か、書くんだ……。意外すぎる……」

俺の中の涼花像に、ピシッとひびが入ったような気がした。

「それで、なんであのラノ……、小説大賞に送ったんだ？」

「……たまたまです。お兄ちゃんが以前リビングに文庫本を忘れて行ったことがありました。その時、何気なく最後のページを見たら原稿募集《げんこうぼしゆう》と書いてあったので——」

「応募して、それが大賞を受賞したと……？」

「実は私も応募したことを忘れていたんですが、今日になってメールが来たんです」

「メールって、誰《だれ》から」

「編集部を名乗る人からです。最初はイタズラかと思って読んでいたのですが、文面の内容から察するにどうも本当みたいだと判断しました」

「は、判断したわけだ」

「はい。最近、知らない番号から頻繁《ひんぱん》に電話がかかってきていたんですが、それもどうやら編集部の方からだったようです。全部無視していたんですが」

トンデモナイことを平然と言い放つ涼花に、……俺はさっきから変な汗《あせ》が止まらない。

ってか、会話もずっと上の空で、未《いま》だに脳味噌《のうみそ》が空回りしている感覚だった。

「……って待てよ？」

その時、俺はある重大な事実を思い出す。

……そうだ、確か俺、さっき大賞発表のページで確認《かくにん》したよな？

「ふっ、そうだった。危ない危ない。コロッと騙《だま》されるところだったぜ……」

「え、お兄ちゃん？　いきなりなにを」

「やっぱりお前が大賞を取ったってのはなにかの冗談だな？　一次選考敗退の俺にそんな悪質な冗談をかますとか……、くそっ、それってめちゃくちゃ残酷《ざんこく》なことなんだぞ!?」

「なにを言ってるんですか？　……って、お兄ちゃんは一次選考で落ちたんですね」

……なんか涼花が可哀想《かわいそう》な人を見るような目をしているけど、無視だ無視！

「いいか？　俺はさっき今回の大賞がなにかをちゃんとこの目で確認したんだ」

「――――っ!!　も、もう見てしまったんですか!?」

「ああ、しっかり見たさ。今回の皇ファンタジー文庫の大賞は〈お兄ちゃんのことが好きすぎて困ってしまう妹の物語です。〉ってタイトルだぞ？」

俺は勝ち誇《ほこ》ったように言った。

こんな明らかな妹モノのラブコメ作品を涼花が書くなんてあり得ないことで――

「うう…………。そ、それです……」

「へ？　それって、なにが……？」

ところが涼花は真っ赤な顔で俺を睨んできたかと思うと、勢いよくベッドから立ち上がり部屋を出て行ってしまった。

が、すぐにまた戻《もど》ってきた。……なぜか手にＡ４サイズの紙束を持って。

「…………こ、これです」

「いや、だからこれって……」

俺は手《て》渡《わた》されたその紙の束に目を落とす。そこには――

「んなっ⁉」

一枚目の紙面に印刷されていた文字は、間違いなく〈お兄ちゃんのことが好きすぎて困ってしまう妹の物語です。〉だった。しかもその横には、あのペンネームまである。

「わ、私が書いた原稿です。これで信じてもらえましたか……？」

「え？　いや……？　ええ⁉　ま、マジで⁉」

「だから最初から本当だって言ってるじゃないですか……っ！」

……こ、これは本当に大賞受賞作品の生原稿？

ってことは、本当の本当に涼花のやつがこの作品で大賞を取ったということなのか？

「…………よ、読んでいいか？」

「え？　よ、読むんですか？　今？　ここで？」

「そりゃそこにラノベがあったら、読むしかないじゃないか！」

「意味がわかりません！　なんですかその『そこに山があるから』みたいな論理は！」

「でも読んでみないと、本当にお前が大賞を取った作品かどうかわからないだろ⁉」

そう言うと、涼花は赤い顔のまま「う……」と詰《つ》まった。珍しい反応。

「くっ、こういう時だけは頭が回るんですね……っ。こういう時だけはっ」

「なんで二回言った⁉」

「……わ、わかりました。信じてもらうためには仕方がありません……っ」

でもです！　と、涼花はキレ気味に続ける。

「そ、その作品はあくまでもフィクションですから！　実在の人物や団体などには一切《いっさい》関係がありませんから！　も、もちろん私とそのタイトルとはなんの関《かか》わりもないので決して勘違《かんちが》いはしないでください！」

「な、なんだよ、それなら大丈夫《だいじょうぶ》だって。俺はラノベとリアルを混同するようなことはしないからさ。じゃ、そういうことで読ませてもらうからな？」

俺は許可をもらったということで、涼花の返事を待たずにページをめくり始めた。

……あんなタイトルで皇ファンタジー大賞を取った妹モノだぞ？　その生原稿かもしれないものが目の前にあるんだぞ？　これが読まずにいられるかって話だ！

俺は今までこれほど集中したことがないというくらい集中して、原稿を読み進める。

その物語は、ごく普通の現実世界を舞台《ぶたい》に始まった。

ありきたりの家庭で育った兄妹《きょうだい》。主人公である兄の涼《りょう》はラブコメにあるまじきハイスペックイケメンに書かれていて、一方妹の祐花《ゆうか》は気弱で儚《はかな》い存在だ。

あまりにも性質が違《ちが》う二人はどこかぎこちない関係の日々を送っていたが、ある日兄は妹から突然《とつぜん》の告白を受ける。戸惑《とまど》う兄に迫《せま》る妹。妹のアプローチはだんだんと激しくなっていき、日常はがらりと変わっていく――。

……正直、話の筋だけ追っていくと、何の捻《ひね》りもないラブコメだった。

俺だったらプロットの段階で容赦《ようしゃ》なく没《ぼつ》にするレベルのストーリーだ。

…………でも、でもなんなんだ⁉　この面白《おもしろ》さは⁉

ってか、妹のキャラが可愛《かわい》すぎるんですけど⁉　兄への好意が溢《あふ》れすぎてて、あらゆる場面がニヤニヤできちまうじゃねえか！

「………………………ちゃん」

それに兄のキャラもカッコ良すぎだろこれ！　どんだけごく自然に妹のために行動してんだよ！　そのくせ好意には全然気づいてないし、ラブコメ主人公の鑑《かがみ》だな！

「…………………お兄ちゃん」

……くそっ、なんなんだよこれ。今までこんなラノベ、出会ったことがないぞ？

そりゃ夢中で読みふけった神作品は過去にいくらでもある。でもこいつはどこか次元が違う。何もかもが粗《あら》いのに、そんなことはまるで気にならないくらい面白いんだ。

……なんでこんなに面白く感じるんだ？　理由が全然わからん……。

ああでも、この妹は可愛すぎる！　理想のラノベヒロインだろこれ！

「お兄ちゃん！」

「はっ⁉」

その声に我に返った俺の目の前には、拗《す》ねたような涼花の顔があった。

「わぁっ⁉　す、涼花⁉　なにやってんだお前！」

「それはこっちの台詞《せりふ》です。さっきから何度も呼んでるのに、全然返事をしてくれなかったじゃないですか」

……そ、そうなのか？　全然聞こえなかった。

「いや、すまん……、ちょっと読むのに集中しててだな……」

「――――っ！　も、もしかして面白いんですか？」

「そりゃ――」

面白い。めちゃくちゃ面白い。

そう言おうとしたが、なぜかその一言が出なかった。

「ま、まあまあじゃないか？　まだ一章が終わったとこだからなんとも……」

その代わりに口にしたのは、我ながらはっきりしない言葉。

「……む、そうですか」

涼花は唇を尖らせて、

「でも、これで私が大賞を取った作品の作者だってわかってくれましたか？」

「あ、ああ……………、いやいやいやいや！」

俺は一瞬《いっしゅん》頷《うなず》きかけたが、すぐに勢いよく頭《かぶり》を振《ふ》った。

確かに作品名もペンネームも間違《まち が》いない。それにこうやって現物もある。

……でもな？　ちょっと待ってくれ。やっぱそんなことあり得ないって。

「あのな、これって兄妹もののラブコメだぞ？　しかも妹の方が兄に迫る話だし。こんな兄好きなキャラをお前が書くわけないじゃないか」

「そ、そうですか？　私には別にそんな兄好きとは感じられませんでしたけど？」

おいおい、そりゃないだろ……。タイトルからしてそれを宣言してる上に、実際の文章中はもっとわかりやすいんだ。たとえば——

「ここの台詞とか見てみろよ。『お兄ちゃんってあったかいね。これからは夜もこうやって一緒《いっしょ》に寝《ね》ていい？』とかさ」

「なっ⁉　い、いいいいいきなりなにを口走っているんですかお兄ちゃんは！」

「なにをって、これお前が持ってきた原稿じゃないか……」

まあ確かに台詞の内容がアレなので朗読するのも恥《は》ずかしいのだが、これも俺の言い分が正しいと証明するためには仕方がないことだ。

「こっちには『えへへ、お兄ちゃんにナデナデされると、ぽわ～って幸せな気分になるんだよ？　だからもっとナデナデしてほしいな』なんてのもあるし。それにこのページになんてストレートに『わたし、実はお兄ちゃんのことが大好きなんだよ？』って——」

「だから！　そ、そんな恥ずかしい台詞を今ここで口に出さないでください！」

声と一緒に身体《からだ》まで震《ふる》わせながら、涼花は俺の手から原稿をひったくった。

顔色は今にも爆発《ばくはつ》しそうなほど赤い。

「な、なんてデリカシーがないんですかお兄ちゃんは！　言っておきますけど、これはフイクションですからね！　か、勘違いだけはしないでください！」

「でも、これでわかっただろ？　あんな台詞を言う妹キャラをお前が書くなんてあり得ないってことを俺は言いたいの！」

「う……っ！　そ、それでもっ、これは私が書いて大賞を取った作品なんですっ！」

「じゃあなんで、こんな兄妹のイチャイチャラブコメなんて書いたんだ？」

「そ、それは……」

俺の根本的な疑問に、涼花は赤い顔のまま苦しげに顔をしかめる。

……いや、だから、なんで俺をそんなに睨《にら》むんですかね……。

「……そうでした、そうでしたね。勘違いされてはいけないので、それについては説明が必要でした。とはいえ、ただ単に魔《ま》がさしたということなんですけど」

「へ？　魔がさしたって……」

「ええ、そうです、魔がさしたんですよ。いいですか？　魔がさした、重要なことなのでここはしっかりと覚えておいてください。そもそもですね、私がこんなお兄ちゃんのことが大好きでずっと好きで長年その想《おも》いを隠《かく》し続けてきた妹の物語を書くなんて、それ以外の理由があるはずないじゃないですか！　そうですよね!?」

「そ、そりゃそうかもしれないけど、でもその説明はどうなの!?」

いつもの涼花らしくない非論理的な説明に、俺は戸惑う。しかもなぜか早口だった。

「それともなんですか？　お兄ちゃんはアレですか？　私がこんな作品を書いたのは、私がそう望んでいるからとでも思ってるんですか？　私がお兄ちゃんのことを、その……、す、すす好きだからにゃんて思ってたりするるんですかそうなんでしゅかっ⁉」

思いっきり嚙《か》みながら、涼花はそう言い放った。

いや、実はな、俺もさっき一瞬《いっしゅん》そんなことが頭に浮《う》かんだんだ。こいつ、ひょっとして俺のことが、その……、好きだったりするんじゃないか……？　ってな。

でも、次の瞬間に「それはないな」と即却下《そくきゃっか》した。あり得ない妄想《もうそう》だからだ。

だってあれだぞ？　あの涼花だぞ？　俺の妹だぞ……？

うん、それだけは絶対にないね。断言できる。本棚《ほんだな》と、ついでに段ボールに詰めて押入れにしまってある俺のラノベコレクション全冊を賭《か》けてもいいくらいだ。

……そもそも、俺はあの時はっきりと「お兄ちゃんなんて嫌《きら》い」って言われたしな。

「……いや、そんなこと思ってないよ」

だから俺は、きっぱりとそう答えた。そんなあり得ない可能性より、涼花が言った魔がさしたって説明の方がはるかに納得《なっとく》できる。……ってか、実際そうなんだろうさ。

「…………わかってもらえればいいんです。はぁ……」

　すると涼花は一瞬ものすごく不機嫌《ふきげん》そうな顔をして、プイッとそっぽを向き大きくため息を吐《つ》いた。……なんなんだ。

「安心しろって。俺も妹モノのラノベは何冊も読んできたけど、リアルであんな展開あるわけないってちゃんとわかってるからさ。誤解なんてするわけないぞ？」

「……ええ、ええ、そうでしょうとも。そうですよね。はい」

　……なんでキレ気味なんですかね……。一応気をつかったのに……。

「……とにかく、これで私が大賞を取ったと、いい加減信じてもらえましたか？」

　どこかなげやりな口調で、涼花は言う。

　……まあ、さすがにこうやって原稿《げんこう》まで持ち出されたら信じるしかなかった。

「なあ、魔がさしたからって、作者が思ってもないことを書けるもんなのか？」

「……そ、そこは訊《き》かれても困ります。これを書いた時のことは私も詳《くわ》しく思い出せないんですから。でも、きっとなにかに取り憑《つ》かれていたんでしょうね。あの時私は私であって私ではなかった……。芸術活動の深淵《しんえん》を覗《のぞ》いたような気分ですね」

「いや、その理屈《りくつ》はおかしくないか……？」

「わ、私の意思で書いたものじゃないんですから、そう言うしかありません」

　確かにあれは涼花の意思で書いたもんじゃないってのはわかるけどさ……。

「……でも、そういう魔なら俺にもさしてほしいよ」

「お兄ちゃん？」

「……はっ!?　ち、違うぞ？　長年応募《おうぼ》してる俺が一次選考も突破《とっぱ》したことすらないのに、お前が魔がさして書いた作品が大賞を取って悔《くや》しいとか切ないとか泣きそうとか、そういうことは全然ないからな!?」

「お兄ちゃん……、ちょっとわかりやすすぎませんか？」

ぐ……っ、仕方ないだろ！　本当は悔しいし切ないし泣きそうなんだから！

……くそっ！　こんな残酷《ざんこく》なことってないよ神様！　よりにもよってなんで妹なんだよ！　出来の違いは普段《ふだん》の生活で嫌《いや》というほどわかってるんだから、俺の愛するラノベ分野でまでこんな仕打ちをしなくてもいいじゃないですか！

「うう……、お前の相談ってこのことなのか……？　だったらおめでとう……。大賞受賞とかすごいよ。うん、素晴《すば》らしい。……で、俺はショック——じゃなかった、急に眠《ねむ》たくなってきたんで、そろそろお引き取り願ってもいいですかね……？」

「どれだけショックを受けてるんですか……。それに、相談はまだ終わってません」

傷心の俺に続行宣言をする涼花。容赦がない。

「そもそも、ラノベ大賞を取ったってだけなら単なる報告じゃないですか。お兄ちゃんがなかなか信じてくれないから話が進まないんですよ」

……仕方ないだろ。あんなことをすんなり受け入れろって方が無理な話なんだから。

「とにかく、私は小説大賞を取りました。ですが、困ったことが一つあります。それは、このままでは私は作家になれないということです」

「……は？　な、なんで⁉」

「理由は二つあります」

一つ目——と涼花は人差し指を立てた。

「私が通う白桜女学院ではアルバイトのような行為《こうい》は一切《いっさい》禁止されています。作家がアルバイトに当たるかどうかはわかりませんが、お金の問題が発生する以上ダメでしょう。それに私は生徒会長です。生徒会長が率先《そっせん》して規則違反《いはん》をするわけにはいきません」

そして二つ目——と中指も立てる。

「両親のことです。お母さんはともかく、お父さんは私が作家になるのを決して許してはくれないでしょう。厳格な人ですから、必ず反対されます」

「た、確かに、言われてみりゃその二つはとんでもなく高い壁《かべ》だけど……」

というか、そもそもあんなタイトルのラノベを涼花が書いたなんて知ったら、あの親父《おやじ》のことだ、激怒《げきど》どころでは済まないような気がする……。

待てよ？　ってことは、涼花の作品が世に出ない可能性があるってことか？

……あれだけ面白《おもしろ》そうなラノべが？　俺を始め、全国数千人のラノべ作家志望者を蹴散《けち》らしてトップに立った神作品がお蔵《くら》入りだと……？

「ままま待て！　れれれれ冷静に考えるんだ！」

「……私はお兄ちゃんと違《ちが》い、いたって冷静ですが」

「お、落ち着けよ？　大賞を取ったのにラノべ作家になれないとかあり得ないだろ……？

そ、そうだ、お前自身はどうしたいって思ってるんだよ、涼花」

「私は、自分の作品を多くの人に読んでほしいと思っています」

意外なことにハッキリとした答えが返ってきて、俺は少し面食《めんく》らった。

「そ、そうか。お前がそう思ってるんならいいんだ。じゃあつまり、その二つの壁をどうするかってことを俺に相談しに来たわけだな？　よし、それなら俺も一緒に考えて――」

「いえ、その必要はありません」

俺が早速《さっそく》腕を組んで思考モードに移ろうとしていると、涼花が遮《さえぎ》った。

「私には既《すで》に考えがあるんです。それが、相談の本題です」

そう言って涼花は、一度小さく深呼吸をして続けた。

「……お、お兄ちゃん、私の代理人になってくれませんか？」

「…………は？」

しかし俺は、涼花の言葉が理解できず、真顔で訊き返した。

「え……と？　代理人……って？」

「つまり、私の代わりにお兄ちゃんにラノベ作家を名乗ってほしいんです。実際の作品は私が書きますが、世間一般的《いっぱんてき》にはお兄ちゃんが作者であるよう振る舞《ま》うと」

「あ、そうか……。そうすりゃ学校のことも親父のことも問題じゃなくなるから……」

要するに、ゴーストライターの逆バージョンということらしい。だから代理人か……。

それって天才的なアイデアじゃないか……？　俺だったらとても思いつかないぞ。

「なるほどな……。俺が表向きには今回の受賞者ってことにして……、って待てよ？」

しかしそこまで考えて、俺はふと引っ掛《か》かりを覚えた。

「代理人って考えはいいけど、なんで俺なんだ……？」

「そ、それは……っ。お兄ちゃんならこの業界にも詳しいでしょうし、もう事情も知ってしまったわけですから、その、適任だと思いましてっ」

「一方的に知らされたような気がしないでもないんですけど!?」

……待て待て待て。そうじゃない。もっと根本的な問題があるだろ？

「じゃなくてだ！　俺は自分の力で大賞を取ってラノベ作家になるのが夢なんだぞ？　そ

れはお前も知ってるだろうが！　他人《ひと》の作品でラノベ作家になんてなれるか！」

「で、でも、これはあくまでも代理人ですし！」

「それだから余計にだよ！　悪いけど、俺には代理人なんて無理だからな！」

俺がそう告げると、涼花は必死な様子で涙目《なみだめ》にまでなって、

「でもでもっ！　こんなことを頼《たの》めるのは、私、お兄ちゃんしか……っ！」

その一言が、俺の胸にグサリと突《つ》き刺《さ》さる。いつも毅然《きぜん》とした態度の涼花が不安そうな顔をしているだけで、正体不明の痛みが全身を駆《か》け巡《めぐ》っていくみたいに感じた。

あの涼花が俺に頼みごとをしている。

現実ではあり得ないと思っていたことが、こうやって目の前で起きてしまっている。

いつもクールで優等生で完全無欠だったはずの俺の妹。

それが、今はこんなにも弱々しい姿を見せながら助けを求めてくるなんて。

そんな涼花を突き放すなんてこと、俺にできるのか？

妹の必死の頼みを断るなんて、そんなこと――

「……だあぁっ！　もうっ！」

俺は居心地《いごこち》の悪い気分を吹《ふ》っ飛ばすように声を出す。そして、

「わかったよ！　俺がその代理人、引き受けてやるよ！」

ほとんどヤケクソになりながらも、俺は自分の正直な気持ちからそう言い放った。

……嫌いな兄貴に頼み込んででも作家になりたいって思ってる妹を突き放すなんてこと、できるわけないだろうが……っ！

そんなのはラノベ主人公的にも、……俺的にも絶対あり得ない選択肢《せんたくし》なんだよ……っ！

「……お兄ちゃん？　本当ですか……？」

涼花は目を見開いて、潤《うる》んだ瞳《ひとみ》で俺を見つめている。

……ああ、本当だ。本当……なんだけど、涼花の真っ直《す》ぐなその視線が、なぜか急に恥《は》ずかしくなってきた。

あ、あれだよ。辞退なんてさせたら、こいつの作品が誰《だれ》にも知られずに消えて行ってしまうわけだろ？　あの神作な気配しかしない作品がだ。そんなこと、ラノベを愛する者としても許せるわけがないってことで――

「……お兄ちゃん？」

俺は照れくささのあまり、その気持ちを誤魔化《ごまか》すように続ける。

「た、ただし！　さっきも言った通り、俺は自分の作品でラノベ作家になりたいんだ。だから、俺が自力で賞を取った時点で、お前の代理人からは何があっても降りるからな！」

「あ……、はい！　そういう条件ならぜひお願いします！」

「おい待て！　今なんか安心しなかったかお前⁉」

「お兄ちゃんのこれまでの実績を鑑《かんが》みると、そこは大丈夫《だいじょうぶ》だと思えますから」

「どういう意味⁉」

妹の容赦《ようしゃ》のない言葉に、俺はちょっと泣きそうになる。

何一つ反論できないってのがまたヒドイ。元々兄の威厳《いげん》なんて欠片《かけら》もなかったけど、ここまでボロクソに思われてるってあんまりじゃないですかね？

くそ……っ、いつか絶対ラノベ作家になってその認識《にんしき》を覆《くつがえ》してやるからな……っ！

「でも、よかったです……。お兄ちゃんならきっと引き受けてくれると思ってました。本当に、ありがとうございます……」

……それでも、こうやって目尻《めじり》に涙を残したまま、頬《ほお》を染めてうれしそうに微笑《ほほえ》んでいる涼花を見ていると、俺の判断は間違《まちが》ってなかったんだと思ってしまう。

ってか、こうやってこいつが笑ってるとこ見るのなんて、何年ぶりだ……？

この笑顔を見ていると、なんか「まあいいか……」って気分になってくる。

「……あ、兄貴が妹を助けるのは当たり前だからな……」

俺が照れ隠《かく》しでそう呟《つぶや》いた時、突然《とつぜん》ピリリリ……という音が室内に鳴り響《ひび》いた。

なんだと思っていると、涼花が携帯《けいたい》（スマホじゃなくガラケー）を取り出す。

「あ、ちょうどかかってきたみたいです。ではお兄ちゃん、お願いします」

「へ？　お願いって……、まさか俺に出ろってこと？」

「はい。メールに返信したら、編集の人から今晩電話をすると返ってきたんです」

「へ、編集⁉　って、ちょっ、そんないきなり……っ」

手渡《てわた》してきた携帯を、俺は慌《あわ》てて受け取る。

編集って……あれだよな？　出版社の編集者って意味だよな⁉

ど、どうしよう……、本物の編集からの電話だ。まるでプロ作家みたいじゃないか！

いや、本当にプロ作家なんだって！　俺が大賞を取ったわけじゃないけども！

「なにをしてるんですか？　早く出ないと」

「わ、悪い！」

涼花に促《うなが》され、俺は震《ふる》える手で通話ボタンを押す。

「もっ！」

そして噛《か》んだ。もしもし、と言おうとして思いっきり噛んでしまった。

『もしもし？　私は皇ファンタジー文庫の編集者で篠崎麗華《しのざきれいか》と申します』

聞こえてきたのは、意外なことに女の人の声だった。

……ど、どうしよう？　いや、相手が女性だからとかそういうのではなく。

『うん？　もしもし？　こちら、永遠野誓さんの携帯で間違いありませんか？』

「い、いえ、大丈夫です。俺……じゃなく僕？　でもなく、わ、私が永見――じゃなかった！　永遠野誓です、はい！」

『おお、よかった。ようやくつながったか……。今まで百回近くかけたんですが、なぜかつながらなかったので安心しましたよ』

「ひゃ、百回⁉」

そう言えば涼花のやつ、電話はずっと無視してたって言ってたけど、それにしてもかけてきすぎじゃないか？

『いや、あれだけ素晴《すば》らしい作品ですからね、一刻も早く直接話をして、さっさと出版までこぎつけたいと焦《じ》れてしまいまして』

「は、はぁ」

『おっと、申し訳ない。一応確認ですが、あなたが〈お兄ちゃんのことが好きすぎて困ってしまう妹の物語です。〉の作者である永遠野誓さんですね？』

「…………あ」

それを聞いて、俺は今更気《いまさら》がついた。

そうだった。涼花の代理人をやるってことは、あの作品を俺が背負うってことになるんじゃねえか！　あのド直球の兄妹《きょうだい》ものラブコメを!!

俺は携帯を耳に当てたまま、急いで振《ふ》り返る。

それに反応してか、涼花がわざとらしい顔でスッと視線を逸《そ》らした。

『ん？　どうかしましたか？』

「い、いえ！　違うんです！　いやそれはそうなんですけど、違うんですよ！」

お、落ち着け俺……！　なに言ってるか全然わからんぞ……！

「いやその、確かにその作品はお、俺が書きました。はい」

『この度《たび》は大賞受賞、おめでとうございます。いや、実に面白い作品でした』

もしこれが自分で書いた作品の結果なら、俺は今頃歓喜《いまごろかんき》の涙を流しているだろう。

しかし実際は妹の作品なわけで、……現実は非情である。

『とにかくキャラが素晴らしかった。あんな可愛《かわい》い妹キャラは初めて見ましたよ。私は後半の、嫉妬《しっと》した妹がお風呂《ふろ》に乱入してきてそのままなし崩《くず》し的に身体《からだ》を流しあうシーンが最高に好きでしてね。ニヤニヤが止まりませんでした』

「お風呂……、乱入……、流しあい……？」

こ、後半にはそんなシーンがあるのか……？

俺がゴクリと喉《のど》を鳴らしながら振り向くと、涼花は真っ赤な顔で俺を睨《にら》みつつパクパクと口を動かしていた。読唇術《どくしんじゅつ》なんて知らない俺でも、それが「魔《ま》がさした作品です！」と必死に主張していることくらいはわかった。

『下手すれば単なるサービスシーン集になるところを上手《うま》く作品に昇華《しょうか》できているのがいいですね。それもこれも、妹キャラの可愛さが際立《きわだ》っているからでしょう。全《すべ》てのシーンで可愛く見えるなんて、そんなキャラは滅多《めった》にいませんよ』

「そ、そうなんですか……」

やべぇ、なんか無性《むしょう》にあの続きを読みたくなってきたぞ……っ。

『永遠野先生としてはどのシーンに一番力を入れたんです？　やはりクライマックスの、妹が全校集会に乱入してきて自分こそがお兄ちゃんの嫁《よめ》だと宣言するシーンですか？』

「ぜ、全校集会でセルフ嫁宣言⁉」

ちょっと待て、最後はどんな展開になってんだ……っ⁉

俺が驚愕《きょうがく》に目を見開きながら振り向くと、涼花は真っ赤な顔で俺を睨みつけつつ「あくまでも魔がさした作品です！」と書かれた紙を高らかに掲《かか》げていた。

……いやまあ、否定するにしてもどんだけ必死なんだよお前……。

「……ちょ、ちょっとお兄ちゃん、さっきから何の話をしてるんですか……っ。ボロが出そうだから、早く電話を切り上げてくださいっ」

俺が半ば呆然《ぼうぜん》としていると、涼花が俺の袖《そで》を引っ張りながら小声で言った。

その声にハッと我に返った俺は、慌てて携帯に向かって口を開く。

「す、すいません。俺、いきなりの電話でちょっと頭が追い付いてなくて」

『ん？　ああ、申し訳ない、つい興奮してしまって。では詳《くわ》しい話は、近々ある授賞式の時に直接することにしましょう』

「じゅ、授賞式……っ」

そうか、そういうのも当然あるよな……。そりゃそうだよ。

俺は今になって、自分はとんでもない役目を引き受けたんじゃないかと戦慄《せんりつ》した。

その後、細々《こまごま》としたことを五分ほど話して電話は切れた。

「はあああぁ…………っ」

俺は大きく息を吐《は》く。……ってか、緊張《きんちょう》したああ……っ。

「……で、どうでしたか？」

「お、お前な……。いきなりあんな電話に出させておいて、平然と訊《き》くな！」

心臓がまだバクバクいってる。俺、本物の編集と話をしたんだよな……？

「……編集の人、篠崎さんっていってたけど、お前の作品をすごく褒《ほ》めてたぞ。とにかく妹のキャラが可愛いって言っててさ」

「……そ、そうですか。内容に関しては、魔がさして書いたものなので私にはよくわかりませんが、評価されたこと自体は悪い気はしませんね」

涼花は頬を染めて、不自然に視線を逸らす。……おい、作者がそれでいいのか？

「でもまあ、とりあえず詳しい話は授賞式でって言ってたよ」

「なるほど、授賞式ですか。やっぱりお兄ちゃんに代理人を頼《たの》んでよかったです。私は出席するわけにはいきませんし」

「……って、やっぱりそれって俺が出るんだよな」

「はい。お兄ちゃんは私の代理人ですから」

真顔で頷《うなず》く涼花に、俺はガクリと肩《かた》を落とす。

……でもまあ引き受けた以上仕方がないか。涼花はただでさえ目立つし、今の世の中、どこから情報が広がるかなんてわかったもんじゃないからな。

「ふう……、なんか疲《つか》れたぞ……。とりあえず今日はもういい時間だし、そろそろ部屋に戻《もど》れ。代理人の件は一度言ったことだから、ちゃんと役目は果たしてやるよ」

「……そうですね。私もいろいろと緊張して、今日は疲れました」

なんでお前が緊張するんだ……。矢面《やおもて》に立たされたのは俺だってのに。

「では、詳しい打ち合わせなどは明日以降にすることにしましょう。今日は本当にありがとうございました」

ペコリと律儀《りちぎ》にお辞儀《じぎ》する涼花。そのまま原稿《げんこう》片手に部屋を出て行こうとしたので、俺は慌てて呼び止める。

「ま、待った待った。その原稿は置いてってくれ！」

「え？　原稿って……、どうしてです？」

キョトンとしている涼花に、俺は一瞬《いっしゅん》言葉に詰《つ》まる。

実のところ、さっきからあの続きが気になって気になって仕方がなかった。途中《とちゅう》で止められたうえ、篠崎さんに煽《あお》られたからなおさらだ。正直、今日買ってきた新刊どころか、今まで読んできたラノベのどれよりも読みたい気分が大きかった。

「そりゃ……、代理人なんかすることになったんだぞ？　作者を名乗るやつが自分の作品の内容も知らないようじゃ話にならないだろ？」

とはいえ、なぜかそれをそのまま涼花に言うことができず、俺はもっともらしい理由をつけてなんとか誤魔化《ごまか》す。

「それはそうですけど……。だからその辺りは打ち合わせをしようと思ったんですが」

「い、いや、実際に読んでみるのが一番手っ取り早いんだよ」

「……わかりました。で、でも、あくまでもこれは私の意思で書いたんじゃなく、魔がさして書いたものだということを念頭に置いて読んでくださいいいですね!?」

強い口調で念を押しながらも、涼花は原稿を手渡してきた。

「ではおやすみなさい、お兄ちゃん……」

「あ、ああ、おやすみ」

涼花が挨拶《あいさつ》をして出ていくと、すぐさま原稿に目を向ける。

まさに貪《むさぼ》るように、俺は何も考えずに物語の世界へとどっぷり入っていくのだった。


その日、俺はついに眠《ねむ》ることはなかった。

原稿を読み終えたのは深夜。俺は原稿を手にしたまま圧倒的《あっとうてき》な読後感に浸《ひた》っていたが、我に返るとまたすぐに二度目を読み始めた。

次に気がついたのが、空も白み始めた明け方だ。すっかり感覚がマヒして、眠気《ねむけ》も疲れも感じなかった。そしてそのまますぐに三度目へと突入《とつにゅう》した。

……涼花の作品は面白《おもしろ》かった。いや、面白いなんて言葉じゃ足りないくらいだった。

兄のことが大好きな妹が、ひたすら暴走気味のアプローチを続けるストーリー。

展開は確かにサービスシーン集スレスレのトンデモだが、そんなことはいいんだ。

妹キャラの可愛さにニヤニヤしていたら、いつの間にか読み終わってるのがすごい。

ってか、ここまで萌《も》えるヒロインには今まで出会った記憶《きおく》がない。

……一体どうやったら、こんな面白い作品が書けるんだ……？

三度目を読み終えた頃《ころ》には、俺は興奮と混乱で頭の中がぐちゃぐちゃだった。

でも、そんなとろけ切った脳味噌《のうみそ》の奥で、はっきりと形になった思いが一つ。

それは、俺もこんな面白いラノベをこの手で書いてみたいという、純粋《じゅんすい》な欲求だった。

▼

ラノベ大賞の授賞式ってどんなものか、想像したことがあるだろうか？

俺はもちろんある。いや、あった。

ラノベ作家を夢見る人間なら、誰《だれ》もが一度は自分が授賞式の壇上《だんじょう》に立つところを妄想《もうそう》したことがあると思う。……受け答えのシミュレーションをしたりな。

けど俺は代理人でしかないので、そんな想定どころの話じゃなかった。

編集から電話があったあの日から約一週間後の四月某日《ぼうじつ》のこと。

俺は東京にある出版社を訪《おとず》れていた。もちろん、授賞式に出席するためだ。

まず、式自体は特に変わったことはなかった。出版社のお偉《えら》いさん方が出席して祝辞を述べ、賞状と記念品を受賞者に渡《わた》しただけだ。

学校で時々表彰式《ひょうしょうしき》とかやるけど、あれとほとんど同じだと考えてくれればいい。

受賞者がなにかコメントをするようなこともなかったし、その点は助かった。

ただ、その後に開かれた記念式典にはまいった。

なんと、近くのホテルのホールをまるまる借り切って立食パーティーだ。

受賞者の顔見せを兼《か》ねたものだと聞かされたが、出版関係者やラノベ作家、イラストレーターや果ては声優さんまで呼ばれた大規模なもので、当然周りは大人ばかり。

親父《おやじ》のスーツを無断借用して来たとはいえ、俺はかなり浮《う》いた存在だったろう。

そんな中で舞台《ぶたい》に立たされ、今回の受賞者の方々ですと出席者一同に紹介《しょうかい》された時の俺の気持ちを想像してみて欲しい。

「次に、第三十二回皇ファンタジー大賞、大賞受賞者、永遠野誓。作品名は〈お兄ちゃんのことが好きすぎて困ってしまう妹の物語です。〉」

司会を務める女性声優さんの声に導かれ、俺は前に出て一礼をする。

大勢の人の視線。スポットライト。そして俺の作品ではないタイトル——

いろんな要素が緊張といたたまれなさに拍車をかける。

しかも俺は本物の作者じゃないので、バレたらどうしようと内心ではヒヤヒヤものだ。

昨日までは、俺が実力で大賞を取った時のリハーサルにしてやる！　と強気だったが、今はもうさっさと帰りたくて仕方がなかった。

その後も大賞受賞者ということでいろんな人に挨拶をしたり、一緒《いっしょ》に受賞した金賞や銀賞の人と名刺《めいし》交換《こうかん》（！）をしたりしたが、ボロが出ないように気をつけるのに必死で、他《ほか》の受賞者がどんな人達だったかも覚えていない。

俺はなるべく人と接触《せっしょく》しないよう談笑の輪から外れ、会場を無意味に歩き回った。俺の好きなラノベの作家さんも来ていたが、話しかける余裕《よゆう》なんてあるわけもなかった。

途中で担当編集の篠崎さんが連れ出してくれてなかったら、俺はそのままトイレにでも引きこもっていたかもしれない。

晴れの舞台で便所飯なんて洒落《しゃれ》にもならないが、それだけ居心地《いごこち》が悪かったんだと考えてくれれば、その時の俺の気持ちをいくらかわかってもらえると思う。

「すまないな、パーティーの途中だというのに。君はこの後泊《と》まらずに帰宅なのだろう？　腰《こし》を落ち着けて話をするにはこのタイミングしかなかったのでね」

篠崎さんはそう言って、ホテルのフロントの一角にあるスペースで俺と向かい合った。

皇ファンタジー文庫第一編集部、篠崎麗華。

もらった名刺《めいし》はシンプルだったが、当の本人はものすごく特徴的《とくちょうてき》な女性だった。

身長は170cm前半の俺よりも高い。しかもスラリと細く、どこかのファッションモデルかと思うほどだ。そのくせ胸だけはアンバランスなくらいデカくて、目のやり場には非常に困る。しかも美人だ。いわゆるカッコイイ系の美女。

目は切れ長で鋭《するど》いが、なぜか眠たげに半分閉じられていて、しかも片方が前髪《まえがみ》に隠《かく》れているのがミステリアスな感じだった。口調も初めて会った直後に「堅苦《かたくる》しいのは苦手でね」と男口調に変わり、正直未《いま》だにキャラクターがつかめていない。

「……いえ、助かりました。ああいう場に慣れてなくて」

「君は大賞受賞者なんだ。もっと堂々としていればいいのさ」

……篠崎さんはそう言うけど、違《ちが》うんすよ。俺、代理人でしかないんですよ……。

罪悪感に苛《さい》まれ、心の中で何度も頭を下げる。

「こういうことは最初だけだよ。もっとも、人気が出ればその限りではないだろうがね」

「人気か……。出ますかね」

「私は、売れると思っているよ。それどころか、大人気獲得《かくとく》も夢じゃないだろう。あれだけキャラの立った作品などそうそうないからね」

「や、やっぱそうですよね？　篠崎さんも電話で褒めてくれてましたし！」

「ああ。私など、妹が兄に迫《せま》るシーンを読むと、未だに身体《からだ》が震《ふる》えるくらいだよ。よくまあ、あれだけのバリエーションを思いつくものだね。ふふ、ふふふ……」

なんか笑い方が怪《あや》しくてちょっと怖《こわ》かったけど、俺はうれしくてたまらなかった。

自分の好きな作品で、誰かと共感できる喜び。

オタクなら誰しも「あるある」と頷いてくれるだろう。

俺は普段《ふだん》から知り合いに好きなラノベの布教をしているのだが、涼花の作品は未発表なうえ事情が事情だからそういうわけにもいかなかったのだ。

この一週間、俺は毎日毎日飽《あ》きずに読み返し続けていたので、こういう話ができる相手には飢《う》えていた。

「ですよね！　やっぱヒロインが可愛《かわい》すぎますよね！　いやー、俺も何度も読み返してるんですけど、全然飽きないんですよ！　あの面白さは一体何なんですかね!?」

「おいおい、君が書いたものだろう？　まるで他人《ひと》の作品みたいな言い方じゃないか」

舞《ま》い上がっていた俺は篠崎さんの一言に固まる。頬《ほお》にツーッと冷や汗《あせ》が伝った。

「……い、いや、そのっ！　あ、あれですよ！　俺が書いたんですけど、客観的な視点に立って自分の作品を見ているというかっ！」

「ほう。自分の書いたものをそこまで客観的に見られるなんて、なかなかできることじゃないぞ。さすがだな」

俺は篠崎さんの言葉に「ははは……」と乾《かわ》いた笑いを返すしかなかった。

……ヤッべえええええぇ……っ!!　興奮して俺が代理人だってことを一瞬忘れてた……っ！　き、気をつけないと……っ！

「それにしても、最初あれは女性の作品だと思っていたんだがね。まさか君のような少年が書いたとは……。ふふ、世界は意外性に満ち溢《あふ》れているな」

……いや、すごいですね。当たってますよ。世界は結構順当に回ってるっぽいな……。

「そうだ、君に会えたら訊《き》こうと思ってたんだがね。あれだけの作品をどうやって書けたものか、その秘密とやらがあれば是非《ぜひ》教えてもらいたいな」

「……そんなの俺が知りたいよ」

「ん？　何か言ったかね？」

「い、いえ！　なんでもありません！」

俺はなんだかいたたまれない気分になって、強引《ごういん》に話題を変える。

「そ、そう言えば、これからの予定はどういうものなんですか？」

「ああ、君の場合原稿の完成度が高いからな。多少の修正《しゅうせい》と、あとは著者校正くらいで出版できる。イラストレーターも無事に決まったし――」

と、そこで篠崎さんは「そうだ」と言ってポンッと手を打った。

「忘れていた。そのイラストレーターだがね、アへ顔Wピース《がおダブルピース》という人を起用することに決定したよ。名前を聞いたことはあるかな？」

「あ、アへ顔⁉」

スゴイ単語が飛び出して、俺は思わず飲んでいたコーヒーを吹《ふ》き出しそうになる。

「ま、待ってください！　本当にそんな名前の人なんですか⁉」

「その様子だと知らないようだね。ラノベのイラストは今回が初めてなんだ。いつもはゲームイラストや同人を中心に活動している人だよ」

「それってもしかして……」

「ああ、本業はエロ絵師だよ。別に珍《めずら》しいことでもないだろう？　有名な作品だって、十八禁畑出身のイラストレーターが多数活躍《かつやく》しているからな。君だってエロゲくらいプレイするだろうに」

「一応俺はまだ十五歳なんですけど⁉」

でもまあ、エロゲをプレイしたことはある。ってか、何本か購入《こうにゅう》して所持している。

基本的にラノベ中心の俺だが、シナリオが良いと評判の作品は買ってみるのだ。

……あくまでもラノベ執筆《しっぴつ》の参考のためだぞ？　ほんとだぞ？

「そのアヘ顔氏だがね。実は今日ここに来るはずだったんだが、残念ながら急用で無理になってしまってね。君に会いたいと言っていたのだが……」

正直、ペンネームを聞いただけで動揺《どうよう》しているくらいなので、直接会わずにすんでよかったかもしれない。きっとエロ好きの男の人なんだろうし。

「代わりにこれを君に渡しておくように頼《たの》まれた。なんでも、これから一緒に仕事をするということで、お近づきのしるしだそうだ」

そう言って篠崎さんは、結構大きい紙袋《かみぶくろ》を手渡《てわた》してきた。持ってみるとズシリと重い。

「……何が入ってるんです？」

「さあ？　聞いていないから私も知らない。後で確認《かくにん》しておくといい」

篠崎さんは興味なさそうに言った。

……へえ、名前はアレだけどお近づきのしるしをくれるなんて、案外真面目《まじめ》な人なのかもしれない。……っと、こっちも何かお返しを考えとかないと。

でもまあとりあえず、これは家で待ってる涼花へのお土産《みやげ》だな。本来ならこういうものは、全部あいつが受け取るべきものなわけだし。

「…………ふうむ」

俺が紙袋をわきに置いているると、篠崎さんがこちらを見つめているのに気がついた。

俺は落ち着かない気分を誤魔化《ごまか》すかのようにコーヒーを口に含《ふく》む。

「つかぬことを訊くが、君はまだ童貞《どうてい》かな？」

そしてそのあり得ない質問に、盛大にむせた。

「げほっ！　がほっ！　……き、気管に入った……っ！　ごほっ！」

「おや、大丈夫《だいじょうぶ》か？　随分《ずいぶん》苦しそうだね」

「だ、誰《だれ》のせいだと……っ、思ってんですか……っ！」

「重要なことだから訊いたまでさ。女性経験の有る無しで、これからいろいろと注文するにしても変わってくるからね。で、童貞なのはいいとして、彼女とかもいないのかな？」

「意味がわかんないですよ！　いや、彼女はいないですけど……っ」

「ふうむ、そいつは困ったな。……そうだ」

篠崎さんはなにかを思いついたような顔で、いきなりこちらに手を伸《の》ばしてきた。

なんだ？　と考える前に俺は手首をつかまれて、そのまま手のひらをむにゅっと押し付けられる。

Q：何に？

A：篠崎さんの胸に。

「────────────っ!?」

「ではよく覚えておいてくれ。これが女性の胸の感触《かんしょく》だ」

俺が声にならない絶叫《ぜっきょう》を上げている間にも、篠崎さんは真顔でそんなことを言い放つ。

服の上からでも指が沈《しず》み込むような柔《やわ》らかさ。

それでいてボリュームと張りのある感触。

「なななななななにやってんですか!?」

俺はなんとか自分の手を魅惑《みわく》の感触から引き剝《は》がし、篠崎さんに詰問《きつもん》する。

「いや、だから、君におっぱいというものを知ってもらいたくてだな」

「わけがわからんわ！　なんでそんなことを知る必要があるってんですか！」

「それは君、次巻以降は君の作品の中でいろいろとラッキースケベ的なイベントもやってもらわないといけないからな。そうなると当然主人公はヒロインの胸を揉《も》んだりする機会もあろうというものだ。今回のことは、その時の参考になるだろう？」

筋が通っているようで、実際はまるで理解できないことを平然と説明する篠崎さん。

……本当にそんな理由で俺に胸を触《さわ》らせたのかこの人は……っ。

「君に彼女でもいれば、そっちに頼むのが正攻法《せいこうほう》なのだろうがね」

「いやいやいや！　仮に彼女がいてもそんな理由で胸を触らせてくれとか言えるわけない

じゃないですか！　正攻法どころか奇策《きさく》も裸足《はだし》レベルですよ！」
「ふ……、ラノベのクオリティを少しでも上げるためなら、私は手段を選ばんのだよ」
篠崎さんはそう言いながら、足を組んで髪《かみ》をかき上げる。……ラノベのためならってい
う言葉には大いに共感できるけど、さすがにこれはちょっとどうなの……？
「あ、あの……、この業界の作家と編集って、みんなこんな感じなんですか……？」
「んなわけがないだろう。といっても、私も作家さんを担当するのは君が初めてだから、
他《ほか》の連中のやり方などよく知らんがね」
は、初めて……だと？　……なんか不安しか感じないんですけど……!?
「安心したまえ。私はラノベのために人生も命も、魂《たましい》さえも捧《ささ》げた女だ。ラノベのためと
なるならば、君が抱《いだ》くギトギトした思春期特有の性欲にもできる範囲《はんい》で協力しよう」
「……いえ、さすがにラノベのためとはいえ、俺も人の道を踏《ふ》み外すようなことはしたく
ないんで……結構です」
「む？　君は何か勘違《かんちが》いしていないか？　私は決して痴女《ちじょ》の類《たぐい》ではないぞ？　できること
といったら、せいぜいこの胸を君の背中に押し付けるくらいだ」
「それでも十分痴女だよ！」
「そうなのか？　痴女と言ったら、この場でいきなり下着を脱《ぬ》ぎだしたりするとか、そう

いうレベルではないのか？　とはいえ、さすがにそこまでは私もできない。不甲斐《ふがい》ない編集で申し訳ないな……。次までには精進しよう」

「ナチュラルに俺を性犯罪者に仕立て上げようとしないでくれますかねっ⁉」

俺は抗議《こうぎ》するが、篠崎さんは表情一つ変えず平然としている。

……ヤバイ。薄々《うすうす》感じてたけど、この人は変人だ……っ！

「まあそういうわけでだ、ラノベにおいてはサービスシーンやオタク要素というものは必要不可欠だからな。君も日頃《ひごろ》からそのことについては意識しておいてもらいたい」

「いやまあ、それはわかってるつもりですけどね……」

俺がさっきまでの緊張《きんちょう》を謎《なぞ》の疲労《ひろう》に塗《ぬ》り替《か》えていると、ホールの方から同じ編集者と思《おぼ》しき女性がやって来て、篠崎さんになにやら耳打ちをした。

「ふむ……、すまないな永遠野先生。用事ができてしまった。打ち合わせなどはまた後日電話でするとして、君は残ってパーティーを楽しんでいってくれたまえ」

「あー……、いえ、俺はそろそろ帰ります。いつの間にか、いい時間だし」

「ん？　そうか、君は未成年だったな。では確かに、そろそろ帰った方がいいだろう。ご家族も心配されるだろうしな」

「そうします。家には妹一人だし、あんまり遅《おそ》くなるのはマズイんで」

「……君には妹がいるのか？」

妹、という単語に、歩き出しかけていた篠崎さんはピタリと足を止める。

「え？　ええ、いっこ下の妹が一人ですけど」

「ふうむ……、だからなのだろうかな？」

「だから……？　なんのことです？」

「君の作品から感じられるある種の生々しさは一体どこから来ているのかと思っていたんだが……、そうか、実体験だったのだな」

「……なんか恐《おそ》ろしい勘違いをしてませんか？」

「ああ、実妄想《もうそう》と言うべきだったか？　なんにせよ、リアルに妹のいる人間であそこまで突《つ》き抜《ぬ》けた妹モノを書ける人はなかなかいない。誇《ほこ》っていいぞ」

「んなもん誇れるか！」

「ふふふ……、奥ゆかしいな。それでは、妹さんによろしく言っておいてくれ。そして君も、もっと作品のクオリティを上げるために妹さんとよろしくやっていいぞ」

「あんた最悪だよ！」

篠崎さんは、ふふふ……と怪《あや》しげに笑いながら、ホールの人ごみへと消えた。

「ら、ラノベ業界の闇《やみ》は深い……っ」

気苦労しかなかった今日、唯一収穫《ゆいいつしゅうかく》があったといえるのはそんな実感だけだった。

……ってか、全っ然うれしくねえ……っ！


「……ただいまーっと」

「お帰りなさい、お兄ちゃん」

俺がヘロヘロになって帰宅すると、意外なことに涼花が玄関《げんかん》で出迎《でむか》えてくれた。

「遅かったですね。ご飯が冷めてしまいました」

「あー……、メシなら向こうで食べてきたんだが」

「それならそうと連絡《れんらく》をください。……じゃあ、もういりませんか？」

「いや、でも腹減ってるから食べるよ。緊張であんまり喉《のど》を通らなかったし」

そう答えながら俺が靴《くつ》を脱いでいると、涼花が俺の持ち帰った紙袋を指さした。

「……？　これはなんですか？」

「ん？　ああ、それはイラストレーターの人がお近づきのしるしにってくれたんだ。お前へのお土産だな」

「お土産……ですか」

……涼花のやつ、どことなくうれしそうだな。

「何が入ってるんですか？」

「さあ？　俺もまだ中身を見てないんだ」

「開けてみていいですか？」

俺が頷《うなず》くと、涼花はいそいそといった感じで紙袋を開けた。

「…………………」

「……どうした？　何が入ってたんだ？」

なぜか開封《かいふう》した姿勢のまま固まる涼花。俺はその背中越《ご》しに、紙袋の中身を見る。

「……げっ！」

次の瞬間《しゅんかん》、俺はそこにあった信じられないモノに目を見張った。

夥《おびただ》しい数の美少女のイラスト。少し見ただけでもそのクオリティの高さはわかる。

ただしみんなあられもない姿で……、いわゆる十八歳未満お断りなことになっていた。

「……こ、これはどういうつもりですか、お兄ちゃん……？」

「ち、違《ちが》う！　俺も知らなかったんだ！」

俺は叫《さけ》ぶが、ふと篠崎さんが言っていたことを思い出す。

アヘ顔Wピースという直球のペンネーム。十八禁畑で活動しているということ。

「だ、だからか……っ」

……気づくのが遅かった……っ！

あの時点で、中身を推測しておかなきゃダメだったんだ！

「す、涼花？　これはちょっとした手違いというか、間が悪かったというか……」

なんとか取り繕《つくろ》おうとする俺に涼花は、

「お兄ちゃん……、最低です……」

と、今まで見たことがないような底冷えする視線を向けた。


「いや、ごめん。本当にごめんなさい……」

あの後、涼花は一切《いっさい》口をきかなくなった。俺は夕食の席でも事情を説明して謝り通しだったが、その度《たび》に涼花は俺を睨《にら》みつけ、無言で箸《はし》を動かすだけだった。

「はぁ……、もう怒《おこ》っていません」

その言葉が聞けたのは、食事も終わりお茶を飲んでいた時だ。

「……マジで悪かった。俺の不注意だった。次からは気をつける……」

「そうしてください。お兄ちゃんを許したわけではありませんが」

……どういうことなんだ。

「それにしても、挿絵《さしえ》を描《か》く人がそういう分野の人だとは思いませんでした」

「……この業界じゃよくあることだ。挿絵自体は普通《ふつう》の絵だよ」

「……もしかして、お兄ちゃんがそういう人を希望したんじゃないでしょうね？」

「んなわけあるか！　こういうのは作者じゃなく編集が決めるんだよ！」

疑わしそうな視線の涼花に、俺は必死に反論する。

「ならいいのですが……。それはそうと、授賞式はどうでしたか？」

そうだ、それを報告しなきゃいけない。余計な回り道をさせられたけど……。

俺は授賞式での出来事を、できるだけ詳細《しょうさい》に伝える。実際の作者である涼花と、代理人である俺との間に情報の齟齬《そご》が生まれるのはマズイからだ。

……とはいえ、篠崎さんによる乳揉まされ事件だけは伏《ふ》せておいたが。

「言われてた通り、メールはお前のアドレスに、電話は俺の番号にかけるよう篠崎さんにも言っといたからな」

顔や声を出して直接接触《せっしょく》する以外なら本人がした方がいいということで、メールでのやり取りは涼花自身がしようとあらかじめ決めておいた。

「ありがとうございます。そしてお疲《つか》れ様でした。お兄ちゃんがしっかりやってくれるか心配でしたが、無事にクリアできてよかったです」

「おいおい見くびるな？　さすがの俺でもあれくらいでミスるようなことはだな……」

「緊張に負けてトイレにでも引きこもってるんじゃないかと心配していました」

「…………」

……あ、危ねえええ……っ。こいつ、俺の性格を把握《はあく》しすぎだろ……っ。

「そ、そんなことよりもだな、やっぱり篠崎さん、お前の作品をべた褒《ぼ》めしてたぞ？　間違いなく売れるだろうってさ！」

「そうですか。それはよかったです」

涼花の反応は淡泊《たんぱく》なものだったが、一応喜んではいるようだ。

マグカップを両手で持ちながら、満足そうに微笑《ほほえ》んでいる。

「それにしても、編集の方は面白《おもしろ》いと思ってくれてるみたいですが、お兄ちゃんも面白いと思ってくれていますか？」

その時、いきなり俺に話が振《ふ》られて、思わずギクッと身体《からだ》が強張《こわば》った。

思ってるどころじゃない。今やお前の作品を参考にして、どうやったら自分でもこの面白さが出せるのかと頭を悩《なや》ませているくらいなんだ。

「そ、そうだな。……まああだったかな？」

でも、俺はそれをありのまま口に出すことができない。

涼花に勝《まさ》るところなんて何一つない俺だが、ラノベに関してだけはどうしても負けたくなかったんだ。……ちっぽけな自尊心だとわかってはいるけど。

「まあまあ……ですか」

「そうそう。でも、俺の感想なんてどうでもいいって。だって俺が好きな作品は必ずしも発行部数が多いやつばっかじゃないし」

「そうなんですか？」

「ああ、これはめちゃくちゃ面白い！　って思ったやつがネットで酷評《こくひょう》されて二巻打ち切りになったなんて経験はザラだよ。あれはマジで辛《つら》いんだ……、ううう……」

「本気で泣かないでください」

「……うう、悪い……。つ、つまりだ、俺の感想なんて当てにならないってことだ。それより編集の篠崎さんが太鼓判《たいこばん》を押してくれてるんだから、そっちを信じてればいいって」

「……ふうん、そうですか」

「大丈夫《だいじょうぶ》だって。打ち切りとかは絶対にないと思うからさ。今からそんなに沈《しず》んでてどうすんだよ。まだ出版もされてないのに」

「別に私は沈んでなんていませんよ。ただ、できれば二巻はもっと面白い作品にしたいと思っているだけです」

二巻はもっと面白く……だって？　なんつー志の高い発言だよ……。

……上等だ。だったら俺は一刻も早くお前の作品の面白さを解き明かして、必ずその上を行ってやる。いつまでも代理人なんて役目に甘んじてるわけにはいかねえ！

俺はリビングを後にして自分の部屋へと急ぐ。さっきは涼花に打ち切りはないだろうとか言ったけど、はっきり言ってあいつの作品はそんな次元のものじゃない。

まず間違いなく十万部には到達《とうたつ》するだろう。そんな作品を超《こ》えるなんて並大抵《なみたいてい》のことじゃないけど、それくらいの覚悟《かくご》がないとダメなんだ。

「……よし。とりあえずは徹底的《てっていてき》な分析《ぶんせき》からだ！」

敵を上回るには、まず敵を知ることから。

敵……か。そうだな、敵は敵でもライバルだ。涼花よ、今をもってお前を俺のライバルと認定する！　勝手にだけど、認定させてもらう！　覚悟しとけよ！

……万年一次選考落ちがなにを言ってるんだってレベルだけど、俺は本気だった。

でも、この時の俺はまだ知らなかったんだ。

涼花の作品が、俺の想定を遥《はる》かに上回るレベルに行ってしまうだなんてことは。

▼

それから約一カ月後、妹のラノベの発売日。

俺は秋葉原の行きつけの書店、そのラノベコーナーで放心していた。

新刊購入《こうにゅう》のついでに、涼花の作品はどうなってるだろうと見に来たのだが——

「あの、えーと……、〈お兄ちゃんのことが好きすぎて困ってしまう妹の物語です。〉ってラノベありませんか？」

「すいません、ただいま売り切れで……」

背後から、客と店員さんのやり取りが聞こえてくる。

いつも新刊が平積みされている場所の一角だけが、不自然に空いているのが見えた。

俺は「まさか……」と呟《つぶや》きながら、スマホでネットを確認《かくにん》する。

出版社の公式ツイッターが緊急《きんきゅう》重版を告げている。

どの通販《つうはん》サイトでも涼花の作品は売り切れで、レビュー欄《らん》は軒《のき》並み高評価。アマ○ンでは星五つが輝《かがや》きまくり、ヤ○オクでは中古品が定価より二桁《けた》上の値段で落札されていた。

そこでようやく、俺はその「まさか」が現実だと思い知ることになる。

そう、妹のラノベは、前代未聞《みもん》の大ヒットを飛ばしていた。

永見祐

Yu Nagami

年齢：15歳↵
身長：171cm↵
趣味：神作品の発掘↵
好きなもの：カッコイイ主人公↵
嫌いなもの：好きな作品への悪評↵

私立七海坂高等学校一年生。ラノベ作家を目指して中学生の時から奮闘中だが、万年一次選考落ち。常日頃からラノベ主人公的な行動を取るようにしているが、作品のクオリティには今のところ反映されていない。

CHARACTER 1

CHARACTER 2

ではよく覚えておいてくれ。
これが女性の胸の感触だ。
むぎゅ

篠崎麗華

Reika Shinozaki

年齢：25歳↵
身長：174cm↵
スリーサイズ：94/61/89↵
趣味：自己研鑽↵
好きなもの：酒類全般↵
嫌いなもの：売るつもりのない作品↵

皇ファンタジー文庫第一編集部所属の編集者。とにかく良いラノベを売り出すことに全てをかけている人物。理知的な見た目とは裏腹に発想はトンデモなものが大半。自称「ラノベに魂までささげた女」。

第二章　俺の妹はどこまで高みを目指すんだ

「ふあああぁ……」

「おやおや、なんだかお疲れだね～、大先生？」

ある日のこと。俺がバイト先である丸猫《まるねこ》書店のバックヤードで作業をしていると、いつものように江坂《えさか》さんがやって来た。

江坂さんはバイト先の先輩《せんぱい》であり、この書店の娘《むすめ》さんでもある。

自称《じしょう》大学生らしいが、見た目は完全に小学生にしか見えないという危険な人だ。

もっとも、根っからのオタク気質と周りを気にしないふてぶてしい性格のおかげで、近くにいる人のロリコン疑惑《ぎわく》を極力薄《うす》めてくれるのだけは救いだった。

「……ええまあ、最近ラノベ執筆《しっぴつ》で寝不足《ねぶそく》が続いてるんで」

俺はあくびを噛《か》み殺しながら答える。涼花《すずか》の作品に出会って以来、それを参考に自分でも書き続けているのだが、なかなか上手《うま》くいかないのが現状だった。

特にあれの大ヒットが確定して以来、俺は睡眠《すいみん》時間をギリギリまで削《けず》って執筆活動をしているのだけれど、書いては没《ぼっ》書いては没の毎日だ。

「いやはや、さすがだね～。やっぱり三十万部なんてとんでもない数字を売り上げる大作家先生も、陰《かげ》では努力を重ねてるんだな～」

俺はその悪意のない言葉に「う……」と詰《つ》まる。江坂さんは既《すで》に俺がラノベ作家、永遠《とわ》野誓《のちかい》であることを知っているのだ。（代理人だってことまではもちろんバレてないが）

……ってか、俺の油断から知られてしまったんだけどね。

まだ涼花のラノベが発売される前のこと。江坂さんがいつものノリで入荷すべきラノベを俺に訊《たず》ねてきたのだが、俺は迷わず涼花の作品を大量入荷するよう勧《すす》めた。

その時、その作品がいかに面白いかを熱弁してたら、なんで発売前なのに内容を知ってるんだ？　ということになり、そこから追及《ついきゅう》されて、ついに隠《かく》し切れなくなったんだ。

……我ながらバカだと思う。変に目立つとボロが出そうなので、誰《だれ》にも知られないようにしようと思っていたのに……。はぁ……、高い授業料だったな……。

一応、そのことは誰にも言わないでくれとは頼《たの》んである。いたずらっぽい人だけど、他《ひ》人《と》の嫌《いや》がるようなことはしないので、そこは信用できる……と思いたい。

「うちみたいな地方書店にも、注文が次々来るんだからすごいよね～。さっきも取り寄せを頼まれてさ～、これでもう今月十冊超えたよ～。ナガミンに感謝だね～」

「そ、そいつはどうも……」

「それにしても、ナガミンはもう既に超《ちょう》売れっ子なんだからさ～、これ以上、寝不足になるほど切磋琢磨《せっさたくま》する必要はないんじゃないの～？」

「いえ……、たゆまぬ努力ってのが重要なんで……」

実際は、自分の作品を書き上げるのに四苦八苦しているのだが、そんなことはとてもじゃないけど言えないので、勘違《かんちが》いされるがままにしておくしかなかった。

「そうか～。そんな大先生になったのに、うちでまだバイトを続けてくれてるなんて、ナガミンはやっぱりいい子だよね～」

善意の解釈《かいしゃく》が普通《ふつう》に辛かったので、俺は慌《あわ》てて話題を変える。

「そ、それより江坂さん、レジの方はどうしたんです？　またサボりですか？」

「いんにゃ、休憩《きゅうけい》中だよ～。ナガミンに用事があって来たんだよ～」

「用事ってまさか……。って、くっついてこないでくださいよ！　ただでさえここ、狭《せま》い
癖《くせ》に冷房《れいぼう》の効きが悪くて暑いってのに！」

「まあまあ、それよりお願いだよ～。私にアヘ顔《がお》W《ダブル》ピース先生を紹介《しょうかい》しておくれよ～」

「やっぱりその話ですか！　何度も言ってるでしょ!?　紹介もなにも、俺は実際に会ったことさえないんですってば！」

「ラノベ作家とイラストレーターならいくらでも交流できるでしょ～？　頼むからアヘ顔先生に会わせておくれよ～。一読者のささやかなお願いじゃないか～」

「一読者って……、あんたすず……、じゃない！　俺の作品を読んでもいないでしょ!?

私は活字を読むのは嫌《きら》いなんだよぉ～とか言って！」

「失敬な～。ちゃんと自費で購入して『見た』よ～」

「挿絵《さしえ》だけでしょうが！　ってか、どうしてそこまで会いたがるんですか！」

「そんなの決まってるでしょ～。私が先生の大ファンだからだよ～」

「あの人、名前の通り本職はエロゲの原画家なんですよ!?」

「ふっふっふ～、可愛《かわい》い絵に性別の垣根《かきね》などないのだよ～」

江坂さんはまな板よりも平たい胸を張りながら、どこかで聞いたような主張をする。

言動でわかると思うけど、この人の興味はイラスト分野に偏《かたよ》っているのだ。

「はぁ……、とにかく諦《あきら》めてくださいよ。俺は今、それどころじゃないんです」

俺がうんざりしながらそう返した時、不意に懐《ふところ》からメールの着信音が聞こえた。

スマホを取り出し確認すると、それは妹からのお出迎《でむか》え要請《ようせい》メールだった。

「あっと、もう門限か……」

「門限～？　今までも、これより遅《おそ》い時間までバイトしてたはずでしょ～？」

「ああ、俺の門限じゃないんですよ。これは妹のです」

一般的《いっぱんてき》な門限とは違い、それ以上遅くなるようなら俺が涼花の学校まで迎えに行くと決めた時間のことを、うちではそう呼んでいた。

涼花に暗い夜道を一人歩きさせないよう、娘を溺愛《できあい》する親父《おやじ》が設定したものだ。

「なるほどね～。そう言えば、ナガミンには妹さんがいたんだったね～」

「そうですよ。江坂さんも会ったことあるでしょ」

「うん、何度か店でね～。それはともかく、ナガミンはすごいよね～。妹がいるのにあんなラノベを出しちゃうんだからさ～。やっぱナガミンは自分の欲望に真っ直《す》ぐなんだな～。一オタクとして尊敬するよ～」

「…………」

心の底から違うと叫《さけ》びたかったが、本当のことを言えるわけもなく、

「い、いや……、欲望とかそういうのじゃなくてですね……」

「そのことは妹さんも知ってるの～？」

「……一応、知ってます」

「それで関係が崩《くず》れてないんだから、できた妹さんだ～。大事にするんだよ～？」

しごく真っ当なことを言っている江坂さんに、俺は乾《かわ》いた笑いを返すしかなかった。

江坂さんは「早く妹さんを迎えに行くんだよ～」と俺にバイトを上がるよう促《うなが》す。

もともと残業だったこともあって、俺はその言葉に甘えさせてもらった。

書店を出た俺は、足早に白桜《はくおう》女学院を目指した。俺はバイト先とシフトを、涼花の門限を考慮《こうりょ》したうえで決めていたから、丸猫書店からそう時間はかからない。

涼花の送り迎えは絶対に遂行《すいこう》するよう、親父からも厳命されてるからな……。

「相変わらず綺麗《きれい》な学校だな……。さすが名門お嬢《じょう》さま学校」

白桜女学院に着いた俺は、校門の間から中を見て呟く。

白を基調としたシックなデザインの校舎が、石畳《いしだたみ》の道の先に見えた。

俺は校門に併設《へいせつ》された受付事務所に入り、事務員さんに来訪用件を伝える。

そうして敷地《しきち》内に入ると、そこにあったベンチに腰掛《こしか》け涼花が来るのを待った。

その間にも俺は、鞄《かばん》から涼花のラノベを取り出し読みふける。もう五十回近く読んでいるが、未《いま》だに面白《おもしろ》さの秘密が何なのかわからない。主人公がカッコイイから。妹キャラが可愛いから。確かにそれもあるけど、それだけじゃ語れない何かを感じるのだ。

ただその正体はわからない。参考のためにネットのレビューとかも見てみたが、大絶賛されているということがわかっただけで、役に立つような感想はなかった。

……ほんと、どうやったらこんな作品が書けるんだ……？

そんなことを考えていると、ふと校舎の方から涼花がやって来るのが見えた。

俺は立ち上がり「おーい」と声をかけようと手を上げかけたが、踏《ふ》みとどまった。

「涼花さま、明日こそ私達とお昼をご一緒《いっしょ》してね？」「涼花さま、つまらないものですけど、これを受け取ってください」「涼花さま」「永見《ながみ》会長」「お姉さま……」

見ると、涼花は五人くらいの女生徒の集団に囲まれたままこちらに歩いて来ていた。

全員ほんのり頬《ほお》を染め、涼花に向けて熱っぽい視線を送っている。

涼花はその集団の中心にいながら、落ち着いた様子で丁寧《ていねい》に応対していた。

「……あいつ、本当に人気あるんだな」

その光景に俺が呟いていると、ふと一人の女生徒がこちらを向いた。

「あ、涼花さまのお兄さまだ」「え？　お兄さま？」「あの方が涼花さまのお兄さまなんですか？」「ごきげんよう、お兄さま」「初めまして、お兄さま……」

俺に気づいた女生徒達が一斉《いっせい》に挨拶《あいさつ》してきたので、戸惑《とまど》いつつも会釈《えしゃく》する。

……名門校のお嬢さま達に「お兄さま」って連呼されると、なんかくすぐったいな。

「涼花、迎えに来たぞ……って、おい！　なんで腕《うで》を引っ張る！」

「それではみなさん、私はこれで失礼します」

俺が呼びかけると、涼花は集団から素早《すばや》く離《はな》れて、俺の腕を摑《つか》んだまま歩き出した。

かなり早足だったので、つんのめりそうになりながらついて行くのがやっとだった。

「ちょ、ちょっと涼花！　なんでそんなに急ぐんだよ！」

「お兄ちゃんが鼻の下を伸ばしている姿が見ていられなかったからです」

校門を出てしばらくしたところで、涼花は俺の腕を放した。

「いや、俺は別に鼻の下なんか伸ばしてなかったと思うけど……」

「自覚がないんですね。これだから迎えに来てもらうのは一長一短で困ります」

涼花は不機嫌《ふきげん》そうに俺を睨《にら》みながら、よくわからないことを言って再び歩き出した。

……なんなんだよ。俺は釈然《しゃくぜん》としない気分で、涼花と並んで家路につく。

「お兄ちゃん、学校で何か変わったことなどはありましたか？」

しばらく歩いていると、涼花が俺に話しかけてきた。

以前までの出迎えの時間は、お互《たが》いがずっと黙《だま》ったままの気まずい空気が流れていたのだが、俺が代理人を引き受けて以降は共通の話題ができた形だった。

最近ではラノベについて質問があるってことで、涼花が俺の部屋を訪ねることも珍《めずら》しくなってきたし、昔に比べると随分《ずいぶん》と状況《じょうきょう》が変わったもんだ。

「いや、学校では特にないな。バイト先の先輩にまたからまれたくらいだ」

「そうでした、あの人がいたんでした。……お兄ちゃんはもうちょっとしっかりしてください。どうして自分からバラしてしまうんですか。このままだと代理人であることもいつか言ってしまいそうで心配になります」

「……悪かったよ、油断してたんだ。でも同じミスは二度としないって。それに江坂さんはいろいろ性格に問題はあるけど、言いふらしたりする人じゃないからさ」

「……いっそのこと、もうバイトを辞めてもいいんじゃないですか？　お金のことなら、原稿料《げんこうりょう》をもらっていますし」

「いやでも、あれはお前の金だろ？　それに親父達にバレないように、なるべく手を付けないでおこうって決めたじゃないか」

「それはそうですけど……、でも心配になります。江坂さんという人はなぜかお兄ちゃんを気に入っているみたいですし……。さすがのお兄ちゃんもあの幼い見た目に惑《まど》わされて口を滑《すべ》らせることはないと思いたいですが」

「何気に失礼なこと言ってるな⁉　俺に対しても江坂さんに対しても！」

「……お兄ちゃん、もしかして小児性愛者だったりしませんよね？」

「お前は何の心配をしてるんだ⁉」

どういう流れで妹からロリコン疑惑《ぎわく》を追及されてるんだよ俺は！

「心配というか、女性関係ではお兄ちゃんの信用はゼロですから仕方ありません」

「彼女いない歴＝年齢《ねんれい》のピュアな俺になんつーことを……っ」

全くもっていわれのない非難だった。

「とにかく、予想以上に売れてしまいましたからね。ただでさえ目立たないようにしないといけないんです。これからは本当に気をつけてくださいよ？」

「……わかってるよ。でもお前は本当の作者だから実感があるかもしれないけど、俺は単なる代理人だからな。やっぱり当事者意識ってやつがどうしてもさ」

「何度も言ってますが、お兄ちゃんが代理人をしてくれなければ私は作家になれなかったんですよ？　永遠野誓は、私とお兄ちゃんの二人で一人な存在なんですからね」

まあ理屈《りくつ》ではそうだろうけどな。実感がないのはやっぱり仕方ないよ。

でもいま涼花が言った「二人で一人」っていう言葉は、なんとなくいい響《ひび》きだった。

「ところで、二巻の方はどうなんだ？　篠崎《しのざき》さんとはどういう打ち合わせを？　俺達が二人で一人って言うなら、俺も進捗《しんちょく》を知っておくべきだよな？」

若干《じゃっかん》言い訳くさいが、間違《まちが》ったことは言ってないと思う。

涼花の作品みたいなラノベを書きたい俺としては、その辺りの情報は喉《のど》から手が出るほど欲しかった。……編集とどんな打ち合わせをしてるのかとかも興味あるし。

「？　お兄ちゃんは電話で篠崎さんと話をしているんでしょう？」

「いや、あの人電話だと雑談とか愚痴《ぐち》ばっかだからな……。仕事のことを訊《き》いても、そっちはメールでしてるじゃないかって言われるだけで」

ほんと、なんのために電話してきてるんだろうな、あの人は……。

「……そう言えば、篠崎さんって女性なんですね。この前初めて知りました」

「あれ、言ってなかったっけ……？」

「言ってません。男性だと思ってメールをしてたら『私が女だって先生は知ってるはずだが？』と返ってきて焦《あせ》りました」

涼花の目がスッと細くなる。

「で、どうなんですか？　篠崎さんは美人さんですか？」

「え？　いやまあ、美人と言われれば間違いなく美人の部類に入る人だけど……」

「……そうでしょうね。お兄ちゃんのことですからね。で、そんな美人さんと、仕事のことをそっちのけで楽しく電話してるとはどういう料簡《りょうけん》ですか」

……な、なんだ？　なんで涼花のやつ、急にキレ気味になってるんだ？

「いや、なにか勘違《かんちが》いしてないかお前!?　電話っつっても、楽しいどころか向こうが一方的にわけわかんないことを話すばっかりで、俺としては迷惑《めいわく》なんだけど!?」

「……まさか担当の人が女性で、しかも美人とは……。運が悪いですね……」

「聞いちゃいない!?」

涼花はなにやら不機嫌そうに呟《つぶや》いてるし……、こういう時はさっさと話題を変えるのがベストだと、俺の経験則が告げていた。

「と、とにかくだ。俺はあの人から二巻のことを何一つ聞いてないから知りたいんだよ」

「……こっちはちょうどプロットが固まって、これから実際に書き始めるところです。特に問題はありませんよ」

……ううむ、さすが三十万部も売り上げただけはある、余裕《よゆう》たっぷりの発言。

次の大賞用の原稿で頭を抱《かか》えている俺とは雲泥《うんでい》の差過ぎる。

「そりゃよかったな……。でもまあ、プロなんだから体調管理だけはしっかりな?」

「言われるまでもありません。でも、体調管理というならお兄ちゃんの方でしょう」

「俺? 俺がどうかしたか?」

「昨日も夜遅《おそ》くまで部屋の電気がついていましたね。最近ずっと夜更《よふ》かしをしてるんじゃないですか?」

指摘《してき》され、俺は「う……」と言葉に詰《つ》まる。

「し、仕方ないだろ……。次の大賞の締《し》め切りが近づいてるんだから」

「でも、今まではあんなに夜遅くまでは起きてなかったでしょう?」

それは、お前の作品を見てからというもの、以前のようなクオリティじゃ満足できなくなったからだ。……書いても没《ぼつ》の繰《く》り返しだから時間が足りないんだよ。

「とにかく、せめて朝は私が起こさなくても起きるようにしてください」

「善処します……」

俺はダメ出しをくらって言葉を濁《にご》す。

そうこうしているうちに家に着いてしまい、会話はそこで打ち切りとなった。

……結局参考になるような情報は得られなかったけど、仕方ない。とにかく、書き続けないことには話にならないからな。

そしてその日の夜も、俺は涼花のラノベを片手に文書作成ソフトとにらめっこをして過ごした。もちろん翌朝、またしても不機嫌顔の涼花に起こされたことは言うまでもない。

▼

「ふあぁぁ……。やっと終わった」

翌日の放課後。全《すべ》ての授業を耐《た》えきった俺は、バタリと机に突《つ》っ伏《ぷ》した。

日々の勉強時間を削《けず》る代わりに授業中に全てを覚える派の俺としては、いくら眠《ねむ》くても居眠りできないのが辛《つら》いところだ。

とりあえずバイトまではまだ少し時間があるし、こういうところでこまめに睡眠《すいみん》を取っておこう……。そう考えて、俺は仮眠に入った。

（………？）

が、間もなく異変に気がつく。さっきまで聞こえていた放課後特有の喧騒《けんそう》が、突然《とつぜん》聞こえなくなったのだ。

不思議に思って顔を上げ、辺りを見回したのだが、クラスメートはまだかなりの数が残っていた。でもなぜかみんな、驚《おどろ》いたような顔をして押し黙っている。

（……しかも気のせいか、全員こっちを見ているような……？）

俺はクラスメートの視線を追って、前を向いた。

するとそこには、俺の机に手をついている誰《だれ》かの腕が見えた。

「やっと起きたみたいね」

頭上から声がする。俺がその腕に沿うようにして視線を動かしていくと、

「気の抜《ぬ》けた顔……。まだ寝《ね》ぼけてんじゃないでしょうね」

険しい表情で俺を見下ろす女生徒が立っていた。

強い意志を感じる大きな瞳《ひとみ》。細身のくせに出るところははっきりと出たスタイル。全体的にどこか不遜《ふそん》な雰囲気《ふんいき》を漂《ただよ》わせているが、それさえも許されると言わんばかりの美貌《びぼう》。

要するに、文句なしの美少女だった。

「…………誰？」

だが俺の口からは、ぼーっとしていたこともあって気の抜けた言葉が漏《も》れる。

するとその美少女は不機嫌そうに目を細め、声を震《ふる》わせた。

「こ、この私を知らないですって……っ!?」

その瞬間《しゅんかん》、俺はハッと目が覚めた。

そうだ、こいつは俺のクラスメートで、校内でも超《ちょう》有名人の——

「——って、ひ、氷室舞《ひむろまい》!?」

「……フルネームで思い出してくれてありがとう」

俺がガタガタと椅子《いす》を鳴らしながら立ち上がると、その美少女は若干顔を引きつらせながら笑った。……それでも可愛《かわい》いんだから、相当なもんだ。

氷室舞の名前を知らない生徒は校内にいないだろう。なにせその美貌から、新入生どころか校内で最も可愛い美少女として、入学当初から騒《さわ》がれまくっていた人物なのだ。

しかもすごいのが、噂《うわさ》を聞いて告白してきた男子達を上級生も含《ふく》め片っ端《ぱし》から粉砕《ふんさい》してしまったという伝説があることだ。そのふり方が尋常《じんじょう》じゃないほど辛辣《しんらつ》で、一部にはトラウマになってしまった男子生徒もいるって聞いたことがある。

そんなやつだから、結果的に男子はおろか女子からも遠巻きに見られる存在になってしまったらしい。「氷の女王」とか「難攻不落《なんこうふらく》の要塞《ようさい》」とかいうあだ名まで付けられ、いまや誰も彼女に近づく者はいない。

一方で当の本人は、そんなことを全く気にした様子もなく唯我独尊《ゆいがどくそん》の学校生活を送っているというのだから、その性格の凄《すさ》まじさがわかるってもんだ。

「な、なんでお前が俺に……!?」

俺は狼狽《ろうばい》する。なにせ、氷室とは今まで話をしたことさえなかったからだ。

「あんたに話があるの。ちょっと付き合って」

しかし氷室はサラッとそんなことを口走った。教室内がざわめく。

「お、俺に話……？　お前が……？」

「ここじゃマズイから、場所を変えるわ。ついてきなさい」

そう言って氷室は、俺の返事を待たずに教室を出て行った。

俺はしばらく呆然《ぼうぜん》としていたが、我に返ると慌《あわ》ててその後について行く。

もちろん付き合う義理はないのだが、教室内の雰囲気に耐えられなくなったからだ。

俺が教室から出ると、ワッと爆発《ばくはつ》したような騒ぎが後ろから聞こえた。

……これ、絶対明日《あした》とかに質問攻《しつもんぜ》めにあうよな。

「ここならゆっくり話ができるわ」

氷室に連れてこられたのは第二校舎の屋上だった。

「……おい、ここって立ち入り禁止だぞ」

「鍵《かぎ》は簡単に開くわよ。禁止っていうなら物理的に開けられない構造にでもしとけばいいじゃない。そうしてないってことは、禁止の度合いもその程度ってことね」

『立入禁止』と書かれた張り紙を華麗《かれい》に無視して扉《とびら》を開ける氷室。

「お前それ、スカートはパンツが見える可能性があるから、見られたって仕方ないって言ってるのと同じだぞ……？」

「は、はぁ!?　いきなりなに言ってるわけあんた！　たとえにしたってスカートとパンツとか、どんだけエロいことしか考えてないのよ、この変態！」

「ぐ……っ」

た、確かに今のたとえはアレだったかもしれないけど……っ。

氷室は若干頰《ほお》を染めながら俺を睨《にら》んでいたが、やがてさっさと屋上に出て行った。

俺も仕方なくついて行くと、まだ朱《しゅ》に染まっていない青空が視界一杯《いっぱい》に広がった。

「……で、話ってなんだよ」

「ふーん。あんた、結構物怖《ものお》じしない性格なのね。普通《ふつう》の男子なら、私みたいな美少女を前にしたらもっと緊張《きんちょう》するわよ」

「……自分で美少女とか言うなよな。ちょっとイタイぞ、そういうの」

「い、イタイとか言うな！　私が可愛いのは事実じゃない。それともなに？　自分で可愛いって思いながら口では否定してる子の方がいいっていうの？」

「いや、それもどうかと思うけど……」

俺がそう答えると、氷室はふふんと笑って、

「あんたもどうせ私のこと可愛いって思ってるんでしょ？　ほらほら、跪《ひざまず》いてワンッて鳴いたら、特別に頭を撫《な》でてあげるわよ」

「………………」

得意げに腕《うで》を組む氷室を見て、俺はなんともいえない気分になる。

最初、俺はこいつを無慈悲《むじひ》な女王さまってタイプの人間かと思っていたんだ。

氷の女王とかいうあだ名や噂を考慮《こうりよ》すると、普通はそう考えるだろ？

だけど、こうやって言葉を少し交わしただけでも、そういったイメージは間違いだとすぐにわかってしまった。確かにものすごい美少女なのだが、性格がとてもアレな気配がするのだ。……残念というか、ヘッポコというか、隙《すき》だらけというか……。

まあなんにせよ、こいつとはなるべく関《かか》わり合いにならない方がよさそうだ。

「……じゃ、俺はこれで」

「ま、待ってよ！　どこ行くのよ！」

俺が踵《きびす》を返すと、氷室は焦《あせ》った感じの声を出して俺の肩《かた》をガシリとつかんだ。

「いや、もう帰ろうかと……」

「な、なんでよ！　話があるって言ったでしょ！」

「あんな感じの話になんて付き合ってられるか！」

「違《ちが》うわよ！　あ、あれは、その……、前座よ前座！」

「なんで話に前座があるんだ!?」

「だって……、先に優位を取っておかないと……、悔《くや》しいじゃない……」

氷室はモジモジとしながら、よくわからないことを呟く。

「……で、話って？　俺、これからバイトだから早めに終わらせてほしいんだけど」

「ちょっと、あんたが主導権握《にぎ》らないでよね！　それにバイトがあるなら先に言っておきなさいよ。だったら最初から本題に入ったのに……」

「いやいや、そういう事情がなくても最初から本題にいけよ！」

「こ、細かい男は嫌《きら》われるわよ」

氷室は俺を睨みながら、鞄《かばん》に手を突っ込んでなにやら探していた。

しかし、間もなく取り出されたものを見て、俺は息を呑《の》んだ。

「話っていうのは、これのことよ」

「げっ⁉　そ、それって……っ！」

氷室の手にあるのは、間違いなく涼花のラノベ——〈お兄ちゃんのことが好きすぎて困ってしまう妹の物語です。〉の単行本……っ！

「もちろんあんたが知らないはずはないわよね？　永遠野誓先生」

「なっ⁉」

続く氷室の言葉に、俺は驚愕《きょうがく》した。

「な、ななな……、なんのことだ？　そ、そのラノベがなんだって？」

「あ、言っとくけど誤魔化《ごまか》しても無駄《むだ》よ？　私はあんたが永遠野誓だってことをちゃんと知ってるんだから」

ふふんと笑いながら自信満々に言う氷室。……ど、どこでバレた⁉

涼花が言いふらすなんてことはあり得ないし、江坂さん経由ってのもピンとこない。

あと俺が永遠野誓だって知ってる人間と言えば、編集の篠崎さんとあの授賞式に出席していた人達くらいだっていうのに。

「って、改めて考えると結構多いじゃねえか!?」

「な、なに？　ちょっと、一人ツッコミとか寂《さび》しくなるからやめてよね！」

……ま、待て、冷静に考えてみよう。

氷室が俺を永遠野誓と知っているとして、一番可能性が高いのは……。

「まさかお前、あの授賞式に出席してたんじゃ……」

「ふふん、正解よ。正確にはその後の記念パーティーだけどね」

「ちょっと待ってくれ。でもあれって関係者以外は出席できないはず――」

と、そこまで考えて気づく。つまり、氷室もなんらかの関係者だったという可能性。

「お、お前まさか……」

「お、ようやく気がついたみたいね。そう、私の正体は……」

「お前、声優さんだったのか!?」

俺の言葉に、氷室はずっこけそうになる。

「なんでそうなるのよ！　確かに声優さんもあの場にいたけど！」

「い、いやなんとなくそうかなーって……。それ以外の関係者って言っても大人ばかりだったし……。お前は高校生だろ？」

「あんたも高校生じゃない！　なんで自分と同じラノベ作家って発想が出ないわけ!?」

「ら、ラノベ作家だと⁉」

俺がマジマジと見つめると、氷室は「な、なによ」と顔を赤くして睨む。

「なにその『全然信じられない』って顔は！　この人気作家を前にして！」

「人気作家ってお前……。じゃあどんな作品を書いてるってんだよ！」

「『氷の魔女《まじょ》は笑わない』でデビューして、今は『スカイ・マジック・ガーディアン』を書いてるわ。『スカマガ』って聞いたことあるでしょ？　あるわよね？」

「ちょ、ちょっと待て！　スカマガの作者って言えば――――」

「そう、私こそがあの新進気鋭《しんしんきえい》の人気作家！　炎竜焔《えんりゅうほむら》よ！」

そのまま高笑いしそうな勢いで、氷室は宣言する。一方で、俺はピシッと固まった。

「第一巻は十万部を突破《とっぱ》。既《すで》にアニメ化も決定。雑誌では特集を組まれ、このままいけば映画化だって夢じゃない勢いね！　……って、ちょっとあんた、聞いてるの？」

氷室が何も言わない俺を覗《のぞ》き込むようにして言った。

しかし俺はその問いには答えず、慌てて制服のポケットをまさぐる。

そして普段《ふだん》はアイデア帳として使っているメモ帳を取り出すと、

「ふぁ、ファンです！　サインしてください！」

と氷室――いや、炎竜先生に向かって突《つ》き出した。

姿勢はお辞儀《じぎ》。角度は90度。体育で前屈《ぜんくつ》する時だってここまで曲がったことはない。

「ファン……ですって……？」

しかし炎竜先生は声を震わせて、

「く、屈辱《くつじょく》だわ……っ！　よりにもよってあんたが私のファン!?」

なぜか顔を真っ赤にして意味不明の憤慨《ふんがい》を見せた。

「へ？　な、なんで怒《おこ》ってんの？」

「そりゃ怒るに決まってるでしょ！　こんな侮辱《ぶじょく》！」

「ぶ、侮辱!?　いや、俺は本当に純粋《じゅんすい》な炎竜先生のファンで――」

「しかもサインですって……？　そんなの、そんなのねぇ……、私の方があんたなんかよりはるかに欲しいわよ！」

氷室の叫《さけ》びに、俺は目が点になる。

「……え？　どういうことだ？　氷室は炎竜先生なんだろ？　その氷室が炎竜先生のサインが欲しい……？　って、あれ？」

「なにボケたこと言ってんのよあんたは。私が欲しいのは永遠野先生のサインに決まってんでしょうが！」

「はぁ!?　な、なんでお前があいつのサインを!?」

「あいつ？」

「――っ！　い、今のナシ！　俺のサインが欲しいってどういうことだよ！」

「ふん、そんなの決まってるでしょ」

氷室は何言ってんだこいつって顔をしながら、

「私が永遠野先生の大ファンだからよ‼」


と、堂々すぎるほど堂々と宣言した。

「…………えーと」

「というわけで……、さ、早速《さっそく》サインが欲しいんだけど？　あ、この色紙にね。ちゃんと頭には『ファン第一号の』って付けて、最後には『氷室舞さん江』って入れてね！」

鞄から取り出した色紙をこっちに向けながら、氷室は照れたように言う。

「ま、待ってくれ……。いろいろと頭が混乱してる……」

「なによ。なんで混乱することがあるのよ」

俺は必死に頭の中で状況《じょうきょう》を整理する。

「えーとまず、氷室はラノベ作家の炎竜焔先生なんだよな……？」

「そうよ」

「で、俺が永遠野誓であることを知ってる上に、その大ファン……？」

「だからそう言ってるじゃない」

「……なんで人気作家が他《ほか》のやつの作品のファンになるんだ？」

「意味不明な質問ね。人気作家は他人の作品のファンになっちゃいけないなんて法律でもあるの？　そもそも、私が人気作家なら、あんたなんて大人気作家じゃない」

……言われてみるとそうなのだが、実感がまるでないから仕方がない。

「でもまあ私の目的のためにも、そのへんの経緯《けいい》はちゃんと説明しておこうかしら」

「目的？」

とりあえず黙《だま》って聞きなさい、と言って氷室は続ける。

「まず最初に知っておいてほしいんだけど、私にとってラノベは人生の全《すべ》てなの。少しでもいいラノベを書くことこそ、私にとっての至上命題。そのために今までがんばってきたし、一応十万部超《ご》えの作品も出せて、人気作家としての地位も築いたわ」

しかし氷室はふっと、どこか自嘲的《じちょうてき》に笑った。

「でもね、そんなある日、私は永遠野誓の作品に出会ってしまったのよ。タイトルはよくある妹萌《も》え系だし最初は眼中になかったけど、まあ大賞だから仕方なく読んであげたわ。

「……でも、中身を見て衝撃《しょうげき》を受けた。これは間違いなく天才の作品だってね」

俺はそこで「だよな！」と勢いよく同意しそうになって、慌《あわ》てて口を噤《つぐ》んだ。

あ、危ない危ない……。でも、さすがはプロラノベ作家の炎竜焔だ。その辺のことは的確に見抜《みぬ》いている。

「私のラノベ作家としてのプライドは粉々になったわ。人気でも売り上げでも、そして作品自体のクオリティでも、ポッと出の新人に軽く追い抜かれたんだから。最初は嫉妬《しっと》のあまり、あんたを殺して私も死のうかと思ったけど」

「……普通《ふつう》に怖《こわ》いんですけど」

「でも、そんな嫉妬も吹《ふ》き飛ばすくらいあんたの作品は面白《おもしろ》かった。妹は可愛《かわい》いし、なにより兄がカッコよすぎたわ。で、気がついたら私はあんたの作品の大ファンになってた。すぐに家を飛び出して、そこら中の本屋を回って五十冊以上は買い込んだわね」

「いくらなんでも買いすぎでは!?」

「鑑賞《かんしょう》用、布教用、保存用、お風呂《ふろ》用、カレー用……。用途《ようと》はいくらでもあるわ」

「無理矢理ひねり出してる感しかねえよ！」

「さらにネット通販《つうはん》でもポチりまくってる時に、私はふとある願望を抱《いだ》いたの。この人の作品の面白さを研究して、自分のものにしたいっていう、どうしようもない願望を」

氷室の瞳《ひとみ》が妖《あや》しく光った。

「作品は何度も読んだわ。それこそ一字一句間違《まちが》わずにこの場で暗唱できるほど読んだ。でも、すぐにそれだけじゃ足りないって気づいたの。作品だけじゃ面白さの真の秘密はわからない。やっぱり作者を研究しないとダメだって」

その言葉を聞いた瞬間《しゅんかん》、俺は雷《かみなり》に打たれたような衝撃を感じた。

作者を研究……だと？

「も、目的ってまさか……」

「そう、これから毎日、あんたをとことん研究させてもらうわ。そして作品の面白さの秘密を必ず解き明かして、私のものにしてやるのよ！」

氷室はバーンッと胸を張って言い切った。

制服の上からでも揺《ゆ》れるのはすごいと思うが、今はそれどころじゃない。

面白さの秘密を解き明かすとか、それって俺が考えてるのと全く同じことじゃないか！

「な、なあ、具体的にはどうするつもりなんだ!?」

俺はいかにも興味津々《きょうみしんしん》といった感じで身を乗り出す。

「ふふん、決まってるでしょ？　あんたの全てを知るのよ！　趣味嗜好《しゅみしこう》はもちろん、どんな日常を送ってるか、どんなものを食べたり飲んだりしてるか、毎日どんな格好で寝《ね》てるのか、お風呂ではどこから洗うのかも！」

だが、俺は氷室が得意げに答えるのを聞いて、ゾクリと悪寒《おかん》が走る。

「え？　ちょ、ちょっと待ってくれ……。それってストーカーってやつなんじゃ……？」

「すすすストーカー!?　なななに言ってんのよあんた！　私はそんなんじゃないわよ！」

「だ、だよなっ!?　そんなことあるわけないよなっ!?」

「そうよ！　私はただ、あんたという人間をプライベートなことも全部ひっくるめて根掘《ねほ》り葉掘り知り尽《つ》くそうってだけで！」

「それを世間一般《いっぱん》ではストーカーって言うんだよ！」

や、ヤバイぞこれは……っ。こいつ、求めるものは俺と同じでも、そこまでの過程に対する考え方が違い過ぎる……っ！　ラノベのためなら苦労も厭《いと》わない俺でも、さすがに作家をストーカーしようなんて発想は出ねえよ！

「な、なによ！　私はラノベのためなら何だってやるのよ！　それに元はと言えばあんたが悪いんだからね！」

「俺が一体何をした!?」

「私のプライドを粉々に砕《くだ》いたと同時に、私の心をさらっていったのよ！　だから――」

そこで氷室は顔をこれ以上ないくらい真っ赤にして、

「せ、責任とってよね……」

と、上目遣《うわめづか》いで恥《は》ずかしそうに呟《つぶや》いた。

……正直、ちょっと洒落《しゃれ》にならないくらい可愛かったけど、精神力でなんとか耐《た》える。

「……あ、あのな氷室。責任って言われても、俺にどうしろってんだ……？」

「えっと、とりあえずサインと握手《あくしゅ》とツーショット写真を――」

「遠慮《えんりょ》なさすぎ！　しかもそれ、ただのファンの要望じゃねえか！」

「だ、だって私はファンだもの。でも責任を果たそうっていうなら、面白さの秘訣《ひけつ》を今すぐ教えてくれればいいのよ。さあさあ！」

「そんなこと俺が教えられるわけないだろ!?」

面白さの秘訣なんて俺の方が知りたいわ！

ここ一カ月近く、ずっとそれのせいで寝不足《ねぶそく》気味だってのに！

「む、やっぱりそこは秘密ってわけね。まあそう簡単に訊《き》き出せるとは思ってないけど」

「いや、そういう意味じゃなくてだな！　……ああくそっ、話が嚙《か》み合わねえ！」

って待てよ？　今こいつ、俺の研究をするって言ったよな……？　涼花の作品の面白さを知るために代理人である俺を研究するとか、的外れもいいとこでは……。

「氷室、悪いことは言わないからやめとけ……。そんなことしても時間の無駄《むだ》だぞ？」

俺は親切心からそう言った。マジで時間の無駄だったからだ。

なにせ俺は代理人。ぶっちゃけた話、偽者《にせもの》でしかないのだ。

「ふん、そんなこと言って、本当は秘密を暴《あば》かれるのが怖いのね。おあいにく様、私はなんとしてでも目的を果たすわよ」

しかしそんなことを知らない氷室は、べーと舌を出した。

……ふ、不憫《ふびん》だ。全力で研究対象を間違ってるこいつも、それを訂正《ていせい》できない俺も。

「さてと……、じゃあ早速研究といこうかしらね」

氷室はまたもや鞄《かばん》に手を突っ込み、一冊のノートを取り出した。

その表紙には『永遠野誓研究ノート』と書かれていて、俺は戦慄《せんりつ》する。

「これはあんたの研究用ノートよ。既に今日の朝からつけてるわ。授業中だって目を離《はな》してないわよ。嫌《きら》いな数学の授業の時とかは、それはもう研究が捗《はかど》ったわ……」

「俺を口実にサボってんじゃねえよ！」

「永遠野誓は……、ツッコミの時には……、言葉が砕ける傾向《けいこう》にある……、と」

「本人を目の前にして堂々とメモってる⁉」

「でもね、やっぱり観察だけじゃ情報としては不足なのよ。というわけで、あんたにはいろいろと質問に答えてもらおうと思うわ」

「……っ、付き合いきれない」

俺は本気で逃《に》げようと後ずさった。が——

「断るって言うなら、昼休みの校内放送に乱入して、あんたが永遠野誓だってバラしたうえで布教活動を始めるわよ」

と、氷室は恐《おそ》ろしいことを言い放った。

「お前それ、普通に脅迫《きょうはく》じゃねえか！　卑怯《ひきょう》だぞ！」

「しゅ、手段は選ばないって言ったでしょ？　でも、私としてはそんなことしたくないけどね。だってファンが増えたら、その分私があんたと接触《せっしょく》する時間が減るでしょ？」

「どっちにしても理由が身勝手すぎる！」

「私がそれだけの覚悟《かくご》を持ってるってことよ」

ふふーんと、なぜか偉《えら》そうな氷室。得意げな笑《え》みもまた文句なしに可愛いのだが、その手にある永遠野誓研究ノートという魔《ま》アイテムが全部台無しにしていた。

「というわけで永遠野先生、これから早速取材といかせてもらうからね！」

「聞けよ、人の話をっ！」

▼

「いや～、さすが大先生だね～。あんな可愛いファンの子がいるんだもんな～」

あの後、俺は時間通り丸猫書店にやって来て、いつものごとく作業をしていた。

そしてこれまたいつも通り江坂さんにからまれてるわけだが、

「もう彼女、一時間近くずっと待ってるよ～。しかもナガミンのことをいろいろと質問してきてさ～。いやはや、熱心だね～」

「あいつはファンなんてもんじゃないですよ」

「ん～？　じゃあなんなの～？　まさか恋人《こいびと》とか～？」

「いえ、ストーカーです」

俺がそう言うと、江坂さんはキャハハハと腹を抱《かか》えて大笑いした。

……くそ、笑い事じゃないってのにこのエセ幼女は……っ。

「有名人って大変だね～」

江坂さんはひとしきり笑った後、俺の肩《かた》に顎《あご》をのせながら続ける。

「でもさ～、本当にシャレにならないようなら、私から注意しようか～？」

「……いえ、そこまでじゃないです。今のところ実害はないんで」

「ならいいけどね～。でも何かあったらちゃんとこのお姉さんを頼《たよ》るんだよ～？」

と、ロリ顔ロリボイスで言う江坂さん。言っちゃ悪いけど、背伸《せの》びしている小学生女子にしか見えない。……それに、江坂さんじゃ注意しても相手にされない気がするしな。

江坂さんは俺の背中をポンポンと叩《たた》きながら「今日はもう上がりなよ～。女の子を待たせちゃダメだよ～」とありがたいのかそうじゃないのか、よくわからないことを言った。

「あ、祐《ゆう》。もうバイト終わりなの？」

エプロンを外しバックヤードから出ると、本棚《ほんだな》の間をうろついていた氷室……じゃなかった、舞が駆《か》け寄ってきた。セリフだけなら恋人っぽいけど、手には相変わらずあのノート。ただし表紙の文字は『永見祐研究ノート』に変わっている。

「ああ、いつもよりちょっと早いけどな」

「なるほど。今日は早上がりなのね……」

なぜかそんなことまでメモる舞。こんな情報はラノベの面白さに全然関係ないと思うのだが、舞曰《いわ》く「なにが関係あるかなんてわからないから全部知りたい」のだそうだ。

……本当にそんなことで良いラノベが書けるようになるのだろうか？

でも舞はあの炎竜焔だから、あながち的外れってわけでもないのかもしれない。

じゃあ俺も試《ため》しに涼花に……って、何考えてんだよ俺は⁉　毒されてんじゃねえか！

舞と一緒《いっしょ》に店を出た俺は、重い足取りで家路につく。

俺の横には、舞がさも当然って顔で並んで歩いている。

「なあ、本当に家に来るのか……？」

「そういう約束でしょ。いまさらなに言ってんのよ」

確かにそういう約束をした。……いや、正確にはさせられた。

「私だって約束は守るんだから、あんたも守りなさいよ」

「わかってるけど、内容を考えると明らかに不平等条約なんだよ！」

「どこがよ。私は外であんたを永遠野先生扱《あつか》いできないのよ？　しかもわざわざ修正テープ貼《は》って、ノートのタイトルまで書き替《か》えさせられてさ」

「お前の義務はそれくらいだろ……。俺は正体をバラされないために、お前のストーカー活動を実害がない範囲《はんい》で容認《ようにん》させられたんだぞ」

「す、ストーカー言うな！　これは取材よ！　研究のための取材！　あんたがどういう家で暮らしてるかとか、ファンなら当然知りたいでしょ！」

「でもこうやって実際に押しかけてくるファンとかどうなんだよ」

「なによ。ちゃんと許可はもらったわ」

舞はふふんと笑った。事実だが、ほとんど脅迫の結果だけどな。

「まあそれはいいけど、後は呼び方だ」

「呼び方って、なんのことよ祐」

「それだよ。なんで名前で呼び合わないといけないんだよ……」

「あんたが永遠野先生って呼ぶなって言ったんでしょうが」

「だったら永見って呼べばいいだろ。俺も氷室って呼ぶし」

「名字で呼ばれるの、嫌いなの。で、一方的に名前で呼ばれるのも嫌い」

なんだよそれ……。女の子と名前で呼び合うとか、家族親戚《しんせき》以外じゃ初めてなのに。

「べ、別にいいでしょ。名前で呼び合うなんて外国では普通《ふつう》よ」

「ここは日本だろ……」

ふーんとそっぽを向く舞に、俺はもうそれ以上ツッコまなかった。

そうこうしているうちに、我が家が見えてきた。

俺は涼花の顔を思い浮《う》かべて、ますます足取りが重くなる。

「あれ？　どうしたの祐。もう着いたの？」

「あ、うん。ここだ」

俺が家を指さすと、舞はノートに何かをメモりだした。しかもスマホで撮影《さつえい》まで。

「……何やってんの？」

「参考資料にと思って。どんな家に住んでるかはきっと人格形成に影響《えいきょう》するわ」

「筋は通ってるけど、まるで下見に来た泥棒《どろぼう》みたいなんだが……」

「大丈夫《だいじょうぶ》、どこからなら侵入《しんにゅう》しやすそうかなんて考えてないから」

「全っ然信用できねえよ！」

俺は撮影をやめさせ、さっさと玄関《げんかん》のドアを開ける。

「お帰りなさいお兄ちゃ――」

そしていつも通り出迎《でむか》えに来た涼花が、舞を見て固まった。……まあ、こうなるよな。

「……どちらさまですか？」

「あー……、こいつはクラスメートの氷室だ。舞、こいつが俺の妹の涼花」

「あ、初めまして、氷室舞です。……って、祐！　あんた妹さんがいたの!?」

「……舞？　……祐？」

俺は前後二人から睨《にら》まれる。

が、このままでは収拾《しゅうしゅう》がつかないので、とりあえず全員でリビングへ。

「どうして黙《だま》ってたのよ。永遠野誓に妹がいるとなれば、話が違《ちが》ってくるわ」

「……そういう反応になるだろうから言いたくなかったんだよ」

涼花がキッチンでお茶の準備をしている中、俺と舞はソファで話をしていた。

「つまりあの作品は実体験……？　もしくはそれに近い要素が……」

「それだけは絶対に違う！」

「……仲がいいですね」

俺達が言い争っていると、涼花が無表情でお茶を持ってきた。

横目で俺をすごく睨んでいるが、これは後でヤバイことになりそうだ……。

「ありがとうね涼花さん。あ……、すっごい美味《おい》しい」

「とりあえずそれ飲んだら、さっさと俺の部屋を見て帰れよ。もう遅《おそ》いし」

「わかってるわよ。私のマンションはここから近いから大丈夫」

「……部屋？　どういうことですかお兄ちゃん」

口調こそ静かだが、涼花の視線は刃物《はもの》のように鋭《するど》い。

「ねえ、涼花さんって祐がラノベ作家だってこと知ってる？　すっごい大人気作家なの。私も同じラノベ作家なんだけど、ファンになっちゃってね。えへへ……」

舞は照れた笑顔でそう言ったが、それを聞いた涼花は真顔のままピクリと反応した。

無言のまま俺を見る目に殺気が混じっているように感じるのは気のせいだろうか……。

「い、妹はそういうの疎《うと》いんだよ。ほら、もう部屋に行くぞ」

とりあえず涼花には極力接触させないようにして、俺は舞を連れて階段を上る。

俺の部屋に入ると、舞は物珍《ものめずら》しそうに室内を見回した。

「へ、へぇー……。これが祐の部屋なのね」

「別に普通だろ？　男の部屋なんて代わり映《ば》えしないからな」

「そんなこと言われても、男子の部屋に入るなんて初めてだからわかんないわよ……」

「そうなのか？　……ってこら！　さすがにここは撮影禁止だ！」

「むぅ、仕方ないわね。じゃあバッチリ目に焼き付けとくわ」

メモりながらもいろんなところまで細かく観察する舞。が、ふとその動きを止めて、

「あれ？　涼花さんもついてきたの？」

「はい、お兄ちゃんと他《ほか》の女性を二人きりにはできないので」

振《ふ》り向くと、いつの間にか涼花が俺の部屋の入り口に立っていて、俺はビクリとする。

会話こそ舞としているが、視線はなぜか俺に固定されていた。

「え!?　な、なにそれ!?　もしかして祐ってばまさか……」

「お兄ちゃんはケダモノですから」

「ちょっ!?　す、涼花!?」

「や、やっぱり!?　初対面なのにいきなりスカートとパンツのたとえとかするし、あんたどんだけエロ魔人なのよ！」

「ち、違う！　誤解だ！」

「お兄ちゃん……？　そのたとえについて、詳《くわ》しく説明してください」

「だから誤解だって！」

「で、でもそれくらいで私は怯《ひる》まないわよ。目的を果たすためなら、あんたのえ、エロい欲望にだって私は耐《た》えてみせるんだからね！」

「顔を赤くしてわけのわからん宣言してんじゃねえ！」

「お兄ちゃん？　警察を呼んでもいいですか？」

「お前も真に受けるんじゃない！　あ、こら、携帯《けいたい》を取り出すな！」

「ああ、私は今日女になっちゃうのね……。でもこれもラノベのため……。うう、こんなことならもっと可愛《かわい》い下着つけてくるんだった……」

「意味不明なこと呟《つぶや》きながらベッドに横たわってんじゃねえよっ!!」

「もしもし？　警察ですか？　うちに性犯罪者が侵入して――」

「涼花さんっ!?」

「……永見祐は嫌《いや》がる私を無理矢理ベッドに押し倒《たお》して『声を出しても無駄《むだ》だ。誰《だれ》も助けになんてこねえよヒヒヒ』と笑うと、その欲望にまみれた手を私の胸に――」

「そこ！　思いっきりメモを捏造《ねつぞう》してんじゃねえよっ!!」

「お兄ちゃん……、いえ、永見祐さん」

「なんで言い換《か》えた!?　なにその他人を見るような目!!」

「……はっ！　あ、あんたまさか、あのラノベのクオリティを出すために、こうやって涼花さんをも毒牙《どくが》にかけたんじゃないでしょうね!?」

「『も』ってなんだよ！　『も』って！　そもそも誰も毒牙にかけとらんわ！」

「それについては…………………黙秘《もくひ》させてください」

「なんではっきりと否定しないっ!?」

「ねえ、祐。……警察呼んでもいい？」

「ループしとるわ――――――――――っ!!」

俺はゼイゼイと息を切らしながらツッコみきった。

とりあえず我が物顔でベッドに寝転《ねころ》んでいる舞と、底冷えするような目をした涼花の二人を部屋から追い出す。そしてそのまま玄関まで引っ張っていくと、

「お前はもう帰れ！　今日はこれまでだ！」

「な、なによケチ。祐のエロ魔人《まじん》。エロ祐」

「……マジで出禁にするぞこのストーカー……っ」

「わ、わかったわよ。今回はこれくらいで我慢《がまん》しといてあげるわ。続きはまた明日《あした》からにして、今日は帰って情報の分析《ぶんせき》でもするから」

舞はちょっと涙目《なみだめ》で震《ふる》えていたが、それでも素直《すなお》に靴《くつ》を履《は》いた。

それに合わせて、俺も玄関にしゃがみ込む。

「……じゃあ、さっさと行くぞ」

「え？　行くって？」

「お前を送ってくんだよ。もう日が暮れてんだから、一人歩きなんてさせられないだろ」

俺が靴を履き終えて立ち上がると、舞は驚《おどろ》きに目を見開いていた。

「い、いいわよそんなの！　私のマンション、この近くだって言ったでしょ!?」

「距離《きょり》の問題じゃなく時間の問題だっての。じゃあ涼花、ちょっと行ってくる」

「……氷室さん。気をつけてください。決して心を許してお兄ちゃんを玄関に上げたりはしないでください」

「お前は何の注意を促《うなが》してるんだ!?」

「送り狼《おおかみ》という言葉があります。家族から犯罪者を出したくはありませんから」

「そ、そうなの!?　祐ってば、今までそうやって何人もの女の子を……」

「んなわけあるか！　って、そんな明らかな虚偽《きょぎ》情報をメモってんじゃねえよ！　……あぁもう！　とにかく行くぞ！」

そう言って俺は家の外に出る。すぐに舞も出てきて、俺の横に並んだ。

「あ、あの……、えへへ……、ありがと、ね？」

「……別にいいよ。それに、実はちょっと訊《き》きたいことがあったし」

訊きたいこと？　と首を傾《かし》げる舞に、俺は歩きながら続けた。

「なあ……、お前がここまでするのって、俺の作品の面白《おもしろ》さがどこからきてるのか知りたいからなんだよな？」

「なによ今更《いまさら》。そう言ってるじゃない」

「でもさ、作者を研究するって本当に効果あるのか？　結局出来上がった作品が全《すべ》てなんだから、それをとことん分析する方がいいんじゃないかって思うんだけど」

俺がそう言うと、舞は「甘いわね」と返した。

「作品を分析するにしても、どうしても見る者の主観が混じるわ。『なにが面白いのか』を探《さぐ》ろうと思っても、厳密な意味で見つかるのは『なにを自分は面白いと感じているのか』ってことくらいよ。それが無意味とは言わないけど、求めているものとは違うでしょ？」

「た、確かに……。ここが面白いって思ったところでも、人によっちゃそこだけがつまらなかったってこともザラにあるな……」

「そう、結局個々人の主観の違いでしかないところを必死にほじくっても仕方ない。かと言って主観を完全に抜《ぬ》き去ったら、それは単なる物語の構造論だからこれも違う。だったらその作品を書いた作者の主観が、一番あてになる情報だと思わない？」

……おお、これが炎竜焔の考え方なのか……。なんかすげえ納得《なっとく》できる論理だ。

「……やっぱりすごいなお前。さすがプロラノベ作家だよ」

「だから、あんただってそうでしょうが！　……それに、これは単に私の考え方ってだけだから、絶対正しいってわけでもないわよ」

「いや、俺にも正しいって思えたよ。かなり参考になった。ありがとうな」

「さ、参考？　別にいいけど……。でもお礼を言うくらいなら、代わりにあんたの作品に対する主観を教えてよ」

「いや、それはちょっと無理なんで……」

なんでよ！　と怒《おこ》る舞を、俺はなんとかなだめる。

意地悪してるわけじゃなく、本人じゃないから答えるわけにもいかないだろ。

「ふん、いいわよ……。それも含《ふく》めて全部暴《あば》いてみせるんだからねっ！」

メラメラと決意の炎《ほのお》を燃やしていた舞だが、ふと足を止める。

なんだ？　と思っていると、どうやら目的地に着いたらしい。……って、ここは。

「最近できた高級マンションじゃないのか……？　で、デカい……」

俺は目の前の洒落《しゃれ》た建物を見上げる。建物自体もデカいが、敷地《しきち》がとにかく広かった。

「送ってくれてありがとね。ちゃんとこのこともメモに書いておくわ」

「あ？　ああ……。そういうところはいくら脚色《きゃくしょく》しても構わないからな」

「……永見祐には……、送り狼する相手の家を……事前に調査する性質がある……」

「脚色の方向性に悪意がありまくりですよね!?」

「じょ、冗談《じょうだん》よ。今日はほんとにありがと。じゃあまた明日ね？」

そう言って小走りにマンションの中に消えていく舞を、俺は見送る。

しかし、とんでもないやつに目を付けられちまったなぁ……。

まさかストーカーが現れるとは思わなかった。しかも相手は同業者だ。

プロラノベ作家ってのはいろんな意味で大変な職業だよまったく……。

「でもまあ、収穫《しゅうかく》はあったな……」

俺は手をグッと握《にぎ》りながら呟く。

作品の面白さを知る方法の一つとして作者の主観を知ること……、か。

幸い俺はそれができる立ち位置にいるじゃないか。

俺は早速実践《さっそくじっせん》しようと帰途《きと》につく。もっとも、この時の俺はものすごく重要なことを忘れてしまっていたわけだが――

「お兄ちゃん……？　説明してもらえますね……？」

家に帰った俺を出迎《でむか》えたのは、玄関《げんかん》で正座している涼花の姿だった。

▼

「……でだ、ずばり作者の目から見たお前の作品の面白さって、なんだと思う？」

俺はリビングで涼花と向き合いながら、ようやくその核心的《かくしんてき》な質問ができた。

あの後、俺は涼花から舞のことを厳しく問い詰《つ》められたのだ。

とはいえ、俺にはやましいことなんて何もないから、起きたことを正直に話した。

舞の正体がラノベ作家の炎竜焔で、涼花の作品のファンになって、その面白さの秘密を知りたいがためにストーカーもどきになった……、と。

涼花は夕食を作ってる間も食事中も、ずっと俺を睨《にら》んで「そうですか」とか「氷室さんは美人でしたね」とか「胸も大きかったですね」とか、わけのわからない怒り方をしていたけど、夕食後はある程度落ち着いて話ができるようになった。

……まあ、表情はまだ明らかに怒ってるんですが。

「……なんですか急に。どういう意図の質問ですかそれは」

「いや、舞から何度も訊かれたからさ……。ほ、ほらあれだよ、表向きは俺が永遠野誓だろ？　なのにそういう質問に答えられないと怪《あや》しまれるじゃないか」

俺はもっともらしい理屈《りくつ》を並べる。

本当は他《ほか》でもない俺が知りたいことなのだが、ここは舞に便乗させてもらおう。

「わざわざそれを訊いて、氷室さんに教えてあげるんですか？　ずいぶんと親切なんですね。いきなり名前で呼び合ってますし、仲がよくて結構です」

「あれはあいつが強引《ごういん》にだな……。それにその質問に答えれば、あいつも満足してストーカー行為《こうい》をやめるかもしれないし」

「む……、確かにそれはそうかもですけど……」

涼花は顔をしかめてそう呟くと、はぁ……とため息を吐《つ》いた。

「……どうしてこんなことになるんですか。やっと共通の話題ができたと思った矢先に、どうして氷室さんみたいな美しい人がお兄ちゃんの前に現れるんですか……」

「この際外見の良し悪《あ》しは関係なくないか……？」

「大有りです。……しかもストーカーとか、これからもずっとお兄ちゃんに付きまとうつもりですか。お兄ちゃんが陥落《かんらく》してしまうかもしれないじゃないですか」

「陥落ってお前……。大丈夫《だいじょうぶ》だって、俺もあいつには注意を払《はら》ってボロが出ないように気をつけるからさ。ストーカー行為も実害が出ない範囲《はんい》に抑《おさ》えさせるし」

「そういうことを言ってるんじゃありません」

……じゃあどういうことなんだよ。

それを訊いても、涼花は頭を抱《かか》えて首を振《ふ》るばかり。なんなんだ一体……。

「と、とにかくだな、あいつから解放されるためにも、こういう質問にはできるだけ答えた方がいいと思うわけだ。で、どうなんだ？」

「……そんなこと、私にもわかりませんよ」

「……へ？」

「最初に言ったはずです。あの作品は魔がさして書いたって。だから私自身も、なにが面白いのかとか説明できないです」

「い、いやいや……。書いた本人がどこが面白いかわからないとか……」

「というか、私は今ハッキリと気がつきました。私の作品はまだ不十分です。薄々《うすうす》気づいてはいたことですが、危機感が足りなかったみたいです。まあまあなんていう評価で満足していてはいけなかったんですよ」

「レビューは軒並《のきな》み大絶賛なのに、どこの誰《だれ》がまあまあなんてことを言ってるんだよ」

「……お兄ちゃん、ちょっとイラッとくるので黙《だま》っててもらっていいですか」

……こ、怖《こえ》え……。今までにないくらい本気で睨まれた気がする……。

「とにかく、氷室さんのような強敵が現れた今、現状に甘んじているわけにはいきませ
ん」

ぐっと拳《こぶし》を握りしめて、謎《なぞ》の決意に燃える涼花。

ってか、どういう経緯《けいい》でそういう考えに至ったのか、俺にはまるでわからなかった。

……なんだろう、同じラノベ作家の舞が現れたことで刺激《しげき》されたのか？

「……でも、何が足りなかったのかはわからないんです。二巻にはどういう要素を追加す
ればいいのか……、今のところ見当もつきませんね」

涼花はそう呟《つぶや》いて真剣《しんけん》な顔で考え込み始めた。我が妹ながら、本当に完璧《かんぺき》主義者だ。あ
れだけ面白い作品を書いて大ヒットまで飛ばしてるのに、それでも満足してないなんて。

……って、感心してる場合じゃないだろ俺。

作品の面白さの秘密を探ろうと思ってたのに、話が変な方向に行ってしまった。

涼花の作品に足りない点があるとはとても思えないけど、とりあえず放《ほう》っておくわけに
もいかないので、俺は声をかける。

「なあ涼花」

「……？　なんですかお兄ちゃん」

「その不足分を探るのな、俺にも手伝わせてくれないか？」

「……はい？」

珍《めず》しく、涼花はキョトンとした顔で俺を見つめる。

「い、いや、お前が悩《なや》んでるのに俺が傍観《ぼうかん》してるってのもあれじゃないか。事情も聞いちまったしさ……。俺も一応代理人なんだから無関係ってわけじゃないし」

それに、涼花が足りないと思っているものを知るのは、作品の面白さを知ることにもつながるんじゃないかと思ったんだ。

「お兄ちゃん……？」

「あ、あれだよ、一人で考え込むより二人の方がなにか思いつくかもしれないだろ？　俺なんかじゃ役に立たないかもしれないけど――」

「そんなことはありません！　是非《ぜひ》お願いします！」

俺はなんとか頼《たの》み込んでＯＫをもらおうとしていたのだが、意外なことに涼花の方から前のめりな答えが返ってきた。結構な勢いだったので、俺は若干《じゃっかん》引く。

「え、えっと……、自分で言っといてあれだけど、本当にいいのか……？」

「はい。お兄ちゃんの考えが何より参考になりますから」

そう言って涼花はどこからかメモ帳とペンを取り出し、即座《そくざ》にかまえる。こいつが俺を参考にするとか、どうやら俺が考えていたよりも状況《じょうきょう》は深刻だったようだな……。

「では早速、私の作品に足りなかった点をお願いします」

「……いや、でも、俺にはそんな点はまるで見当たらなかったんだが……」

「そんなことはないはずです。いえ、むしろお兄ちゃんだけが指摘《してき》できることです」

「なにそのプレッシャー!?　なんで俺にそんな重い期待が!?」

「え？　そ、それはアレです！　お兄ちゃんはラノベのことに詳《くわ》しいですから、そういう意味で言ったんです！　……そ、それともなんですか？　自分から協力を申し出たのに、何の考えもなかったとか言うんですか？」

そう言われて、俺は「う……」と詰まる。

実際その通りだったのだが、それじゃあまるっきり役立たずで、もともとゼロに近かった兄貴としての威厳《いげん》がマイナスに突入《とつにゅう》してしまいそうだった。

かと言って、俺には本当に不満点なんてないし……。

俺は必死で頭を回転させ、なにか良い案はないかと自分に問いかける。

「……そ、そうだ！」

そして、かろうじて思いついた案を急いで披露《ひろう》した。

「一度篠崎さんに相談してみるってのはどうだ？」

「篠崎さん……ですか？」

「そうだよ。ラノベってのは作者と編集が二人三脚《さんきゃく》で作っていくもんだからな。なにか悩みがあったら、まず担当編集に相談するのが筋ってもんだ」

……ネットでそんな風に書いてあったのを見たことあるしな。

「でも、こんなことを相談してもいいんでしょうか？」

「気にすることないだろ？　向こうもそれが仕事だよ。さあ、ほら」

俺は気乗りしなそうな涼花を促《うなが》して、リビングを出て二階へと向かう。

涼花の部屋にやって来た俺達は、ノートPCを立ち上げて早速篠崎さんにメールをした。

「……こんな相談で、呆《あき》れないでくれればいいんですが」

「ま、あの人はちょっと変わってるけど、ラノベに関しては真剣ぽいし、ちゃんと話を聞いてくれると思うぞ？　とりあえず明日《あした》には返信が来てるだろうから――」

と、そこまで言った時、ノートPCからピロリンという音が聞こえた。

「あ、もう返ってきました」

「早っ⁉」

どんだけだよ。普段《ふだん》から頻繁《ひんぱん》に電話もかけてくるし、もしかして暇《ひま》なのか……？

「ま、まあいい、なんて書いてあるんだ？」

「ええと……、『あれだけの売り上げを達成しておいて、なお満足しないその姿勢は素晴《すば》らしい。私も可能な限り力になろう。さて、永遠野先生はもっと面白《おもしろ》いと思われる作品にしたいということだが、まだ伸《の》ばす余地のある要素を提案したいと思う』」

「へえ、さすがプロ編集者だな。すぐにそんな提案ができるなんて」

俺が感心していると、涼花はさらに続きを読み上げる。

「『私の見立てでは、さらなるサービスシーンの増強こそが必要だと思う。今でも申し分ないのだが、この際もっとお約束的なものを露骨《ろこつ》に入れてかまわないだろう』」

「……うん？」

……あれ？　なんか話の方向性が……？

「『具体的にはパンチラシーンなどはどうだろう。読者サービスの基本要素だ。イラストだけではなく、文章としてもそのシーンを入れることでより臨場感が増すからな』」

「ちょっと待て!?」

……い、いきなりなにを言い出してんだあの人は!?

「『他にもいろいろと要素はあるが、それは追ってリストにでもして送ろう。とりあえずは今言った方向性で考えてもらえればいいと思う』……以上です」

涼花はメールを読み終え、俺の方を見る。

……し、視線の温度が低く感じられるのは気のせいでしょうか……？

「お兄ちゃん……」

「いや、これはその……、ごめん！　やっぱあの人は単なる変人で――」

「パンチラってなんですか？」

「……は？」

俺が必死に言い訳しようとした瞬間《しゅんかん》、涼花は意外過ぎる言葉を口走った。

「パンチラなんて言葉、初めて聞きました」

「え……？　ま、マジで……？　パンチラって聞いたことないのか……？」

はい、と平然とした感じで頷《うなず》く涼花に、俺は逆に驚《おどろ》く。

……お嬢《じょう》さま学校なんかに通ってると、そんな単語とは無縁《むえん》になるのか？

純粋無垢《じゅんすいむく》すぎて逆に心配になってくるレベルなんだが……。

「で、パンチラとは一体なんなんですか？　読者サービスということでしたが」

本当に知らないっぽい涼花は、なんのためらいもなく俺に質問する。

とはいえ、どこの世界に妹に対してパンチラの解説をする兄貴がいるってんだ……？

「い、いやいやいや！　そのことは忘れろ！　篠崎さんはきっとあれだ、ギャグかなにかのつもりなんだろうさ！　うん、そうに違《ちが》いない！」

「……どうして編集の人がそんなギャグを言うんですか？　お兄ちゃんはパンチラというのがどういうものか知っているんですよね？　教えてください」

「お、教える⁉　パンチラを⁉」

「はい。篠崎さんがこう言うということは、ラノベに関係する単語なのでしょう？」

「まあ完全に無関係ってわけじゃないけど……」

「ラノベに関係することなら私は知っておかないといけませんよね」

うう……、涼花の真っ直《す》ぐな瞳《ひとみ》を直視できない。

言ってること自体は間違ってないんだけど、問題はその内容だ。

「そ、そんなに知りたいなら、ネットで検索《けんさく》でもすりゃすぐ出てくるだろ？」

「？　お兄ちゃんは知ってるんでしょう？　わざわざそんなことをしなくても、今教えてくれればいいじゃないですか」

「いやまあ、そうなんだけど……、モノがモノだけにだな……」

「……どうしたんですか？　お兄ちゃんは私に協力してくれないんですか……？」

ぐぅ……っ！　こ、心が抉《えぐ》られるような一言だ。心細そうな表情も胸にくる……っ。

「そうなんですね……。やっぱり私がお兄ちゃんより先にラノベ作家になってしまったことを怒《おこ》っているんですね……。だから協力なんてしてくれないんですね……」

「お、怒ってるわけないだろ⁉　めちゃくちゃ嫉妬《しっと》するし、悔《くや》しいとは思ってるけど、そんなことで怒ったりするか！」

「じゃあ何も問題はないですね。パンチラのこと教えてください。さあ」

……く、くそっ、こうなったらもう教えるしかない……！　どうせいつかは知るなら、俺の口から教えてやるのが兄貴としての責務ってもんだ！

「……わかった、そこまで言うなら教えてやる！　ただし、これはあくまでもラノベの勉強……というか取材のためだってことは肝《きも》に銘《めい》じておいてくれ！」

「はい、もちろんです」

涼花が真顔でメモ帳をかまえた。俺はほとんどヤケクソ気味に口を開く。

「……まず前提として、パンチラってのは二つの単語から成り立つ略語だってことを知っておくことだ。パソコンとかハイテクとか、そんな感じで」

「なるほど、高等裁判所を高裁と略すようなものですね」

「そうだけど、もう少したとえのレベルを下げてくれると助かるかな⁉」

これから言おうとしていることとの落差がひどいからな！

「……で、だ。パンチラのうちチラの方はチラリズム……、つまりチラッと見えたり見えてたりする状態のことを表している」

「なるほど……、チラッと見えている状態……と」

「で、パンの方は……、あー……、ぶっちゃけパンツのことなんだが……」

「ふむふむ……、パンツの…………、え？」

涼花はそこでペンを止める。

……ああもうっ！　言っちまったんだからこのまま突《つ》っ走るしかない！

「だから！　パンチラってのはパンツがチラリズムしてることの略なの！」

「お兄ちゃん……、それは悪い冗談《じょうだん》かなにかですか？」

涼花が軽蔑《けいべつ》するような顔で俺を見る。……くそっ、俺が開発した単語ってわけじゃないのに、どうしてこんな目に遭《あ》ってんだよ俺は！

「違う！　本当にそういう意味なんだって！　女の子のパンツがチラッと見えてるシーンとかがラノベとか萌《も》え系媒体《ばいたい》にはよくあるんだよ！」

「意味がわかりません。篠崎さんは読者サービスということでパンチラを挙げていたんですよ？　どうして女の子のパンツが見えることがサービスになるんですか」

「そりゃお前――」

うれしいからだ。

女の子のパンツが見えたらうれしい。実に単純明快なこの世の真理。

……でもなあ、なんでそれをわざわざ俺の口から言わなきゃいけないんだ⁉

「どうしたんですか？　やっぱり冗談なんですか？」

「……だああもうっ！　うれしいからだよ！　ラノベのメイン読者層は俺くらいの歳《とし》の男子だから、女の子のパンツが見えてるシーンとかがあると、あざといとは思いつつもやっぱりうれしくなっちゃうもんなんだよ！　以上一般《いっぱん》論でした！」

俺はもう意地で言い切った。荒《あら》い息を吐きながら腕《うで》を組み、そっぽを向く。

エロ兄貴と軽蔑したきゃすればいい！　でも、言ってることは間違っちゃいねえよ！

「……うれしいから、ですか」

しかし、てっきり罵倒《ばとう》の言葉でも飛んでくるかと思っていたのだが、涼花はメモ帳を持ったままぼんやりとしている。

「……えーと、涼花さん？」

「お兄ちゃんも、パンチラが見えたらうれしいんですか？」

そして続いて出た言葉に不意を突かれ、俺は思わず吹《ふ》き出しそうになる。

「は、はぁっ⁉　お、お前何を言って――」

「今のお兄ちゃんの説明が正しいとすればそうなります。お兄ちゃんはラノベのメイン読者層であり、男子です。しかも自他ともに認めるラノベ好きです。となれば、パンチラはもちろんうれしいはずですよね？」

　そ、そりゃもちろん嫌《きら》いじゃないけど……。ってか、どっちかって言うと好きだけど。挿絵《さしえ》で無意味にパンチラが描《か》かれてたりしたら「はいはい、あざといあざとい」と言いつつ喜んでしまうけど！

　でも、それを妹を前にして堂々と言えると思う？　……俺は言えない。

「……そうですか、やっぱりうれしいんですね」

「俺なにも言ってないよ!?」

「……なるほど、パンチラというのはそういう意味で……。だからお兄ちゃんの持ってる本にもそういうシーンがたくさん……」

「おーい、涼花さーん!?」

「……お兄ちゃんはパンチラがあるとうれしい……。でも、パンツを見せるなんて……、ううん、でもでも……」

「いやあの、人の話を聞いてくださいよ！　頼《たの》むからさ！」

　って聞いちゃいないよ……。なんか謎《なぞ》の独り言をブツブツ呟《つぶや》いてるし……。

　ああ……、涼花の中では俺＝パンチラ好きという図式が勝手に構築されてしまっているようだ。なけなしの俺の尊厳が粉々になっていく音が聞こえる……。

「……すいませんお兄ちゃん、部屋から出て行ってもらえますか？」

しかもなぜか追い出されてしまった。気持ちはわからないでもないけどさ。パンチラ好きの兄貴と同じ部屋になんていたくないってことだろう。これは平穏《へいおん》な日常に取り返しのつかない亀裂《きれつ》が入ったんじゃないか？　これからどうすんだよ……。

俺はガクリとうなだれながら、一階に降りてキッチンへと向かった。

コップに水を注ぎ、一気に喉《のど》に流し込む。

その時、ガチャリとドアの開く音が聞こえて、俺は思わず振《ふ》り向いた。

「お兄ちゃん？　そこにいるんですか？」

「……へ？　涼花か？　お前なんで——」

と、そこまで言って俺は固まった。涼花の格好があり得なかったからだ。

さっきまでのショートパンツ姿が、今はなぜかスカートに変わっている。

しかも超《ちょう》ミニスカだ……。あんなの持ってたのかこいつ？　膝上《ひざうえ》何センチだよあれ。

「？　どうかしましたかお兄ちゃん？　山で熊《くま》にあったような顔して」

「……なっ!?　いや……っ、どうかしたかはこっちのセリフだろ!?　なんなんだよお前、その格好は……っ！」

我に返った俺がスカートを指さしながらそう言うと、涼花は平然とした顔で、

「これは、今からパンチラの研究をしようと思って着替《きが》えました」

と、理解不能なことを言い出した。

「……は？　パンチラの……研究？」

「はい。作品に取り入れるにしても、実際に自分で体験してみないことにはわからないですから。お兄ちゃんも協力をお願いします」

「……いやいやいや、待ってくれ……。お前が何を言ってるか理解できない……」

「どうしてですか？　お兄ちゃんも普段《ふだん》から、実際に経験することでラノベのクオリティが上がるんだって言って、いろんなことをしてるじゃないですか」

「それはそうだけど！　……ぱ、パンチラの研究!?」

意味がわからん。まずその言葉の組み合わせの意味がわからん。

パンチラと研究って普通つながらないだろ？　ラノベとリア充《じゅう》くらい相性の悪い間柄《あいだがら》だろ？　ってか、そもそもパンチラのなにを研究するってんだよ！

「私はパンチラというものを知りませんでしたから、実践《じっせん》してみてどんなものかを知る必要があります。どんな風に見えるのか、見られるのか。どんな種類があるのかなど、お兄ちゃんが教えてください」

「……それってつまり、俺にお前のパンチラを見ろと……？」

「はい」

……うん、これはあれだな。どうやら俺の頭はおかしくなっちまったらしい。涼花が俺にパンチラを見てくれって言ってるように聞こえる。はは……、病院行こうか。

「確かパンツがチラッと見えている状態でしたよね。じゃあこうやって自分でスカートをめくってもパンチラということに――」

「って、うわあああああああああああああああああぁぁっ!?」

スカートをたくし上げようとする涼花の手を、俺は慌《あわ》てて摑《つか》んで阻止《そし》した。

「ば、バカかお前は！　ふざけんのもいい加減にしろよ!?　女の子が男の前でそんなことしてんじゃねえよ！」

「私はふざけてなんていません」

俺は本気で叱《しか》りつけたが、それ以上の剣幕《けんまく》で涼花は反論した。

その顔はどこまでも真面目《まじめ》で、確かにふざけている気配など微塵《みじん》もなかった。

「私は少しでも面白《おもしろ》いラノベを書きたいんです。そのためならなんだってする覚悟《かくご》なんです。人に下着を見せるなんてはしたない行為《こうい》だとわかっています。でも、こんなことを頼めるのはお兄ちゃんしかいないんです」

「う……」

あまりにも真っ直《す》ぐな言葉に、俺は思わず怯《ひる》む。

面白いラノベを書くためならなんでもするという覚悟。それは俺が常日頃《つねひごろ》から抱《いだ》いている信念と同じだった。同じだったからこそ、俺は何も言い返せない。

「これはあくまでもラノベを書くための取材です。それ以外になんの意図もありません。だからお願いしますお兄ちゃん、私に協力してください」

あの涼花が俺に向かってここまで言うなんて、今まででは考えられないことだった。

それだけに、涼花の真剣さが伝わってくる。

「はぁー……」

俺は大きく息を吐《は》いて、心を落ち着ける。

これは取材だ。クオリティの高いラノベを書くために必要なことだ。俺が普段、ラノベ主人公的な行動をしようと思ってるのとなにも変わりはないんだ。

俺は自分にそう言い聞かせ、摑んでいた手を放した。

「……わかった、そこまで言うなら協力する」

「お兄ちゃん……、ありがとうございます」

礼を言う涼花を見て、俺も覚悟を決める。取材活動となれば、たとえ内容がパンチラでも本気で取り組まないといけない。そう、たとえ内容がパンチラでも！

「……よし、じゃあまず実践する前に一つ。自分でスカートをめくるのはパンチラとは言わないってことを覚えとけ。それはたくし上げと言って、また別物だからな」

「なるほど、奥が深いですね」

メモ帳にペンを走らせる涼花。俺は真顔で続ける。

「で、お前はパンチラのなにが知りたいんだ？」

「主にパンチラが発生するシチュエーションですね。どういう状況《じょうきょう》で発生するのかがいまいちよくわからないので」

「なるほど……。となるとまずは王道からだ。涼花、その場で体育座りをしてみろ」

涼花は「こうですか？」と言いながらリビングの床《ゆか》で体育座りをした。

するとスカートがすぐにめくれ上がり、いとも簡単にパンツがお目見えする。

……ストライプ。いわゆる縞《しま》パンか……。

涼花って、ああいうのはくんだな……って、なにをじっくり観察してんだ俺は！

「なるほど、確かにパンツが見えてしまっていますね」

「お前は冷静だな……」

……やっぱこれ、覚悟は決めたもののどうしても恥《は》ずかしいな……。

「？　どうしたんですかお兄ちゃん。どうして目を逸《そ》らしてるんです？」

「い、いや……、取材とはいえ必要以上にジロジロ見るのは……、やっぱ違《ちが》うだろ」

「ですが、パンチラは見る人がいないと成り立たないのでは？　だからお兄ちゃんに頼んでるんです。もっとちゃんと見てください」

……パンチラを見てくれって言われるシチュエーションってなんなんだろう……。

とはいえ取材だから、俺は再度涼花のパンツに目を向ける。……けどやっぱ無理だ。

「だからどうして目を逸らすんですか」

「……ずっと見てると目に悪いんだよ」

「テレビ画面じゃないんですから」

「失明の危険性だってあるんだ！」

「私のパンツを直射日光みたいに言わないでください。……もしかしてお兄ちゃんは、私のパンツを見るのがうれしいんですか？」

その一言に、俺はギクリとする。

「ん、んなわけないだろ⁉　パンツって言ってもお前のだぞ？　妹のなんだぞ⁉　そうだよ！　んなもん意識する方がおかしいんだ！」

俺はもう一度目を向けて、あれは妹のパンツなんだと自分に言い聞かせる。

すると、さっきまであった恥ずかしさがスッと消えていった。……よし。

「ふんっ！　妹のパンツを見てうれしがる兄なんていないね！」

「……ふうん、そうですか。じゃあ、他《ほか》のパンチラも教えてください」

「ああ、お安い御用《ごよう》だ。パンチラって単語に惑《まど》わされてたが、もうそうはいかない」

恥ずかしさを克服《こくふく》した俺は、淀《よど》みなくシチュエーションを提示していく。

「落ちてるものを拾おうとして、上半身だけ曲げるってのも定番だな」

「なるほど。こういう感じですね」

涼花は俺に背を向けて、床から何かを拾う動作をする。スカートが短いので、ちょっと手を伸《の》ばすとすぐにパンチラ状態だ。……ふん、大したことないな。

「小さい子と目線を合わせるためにしゃがみこんだりしてるのもアリだ」

「こうですか？　……確かに、見えてますね」

両足をそろえてしゃがみこむ涼花。スカートが短いと何をやってもすぐにパンチラになってしまう。……けしからん。

「高いところに手を伸ばすだけってのもシンプルだが、ある」

「？　それはただ背伸《せの》びをしてるだけでは？」

「超ミニスカならそれだけでも見える」

涼花は棚《たな》の上に手を伸ばしながら「なるほど」と呟く。ほんの少し目線の上にいくだけで見えてしまうのだから、ミニスカってのは男を惑わせる罪深いやつだぜ……。

「他には足をそろえて椅子《いす》に座るとか」

「こうですか？　でもこれは見えてないのでは？」

「甘いな。合わさった太ももとスカートで形成される三角地帯。そのわずかな隙間《すきま》からでもしっかりとパンチラしてるんだ」

「え？　……本当ですね。こういうパンチラのしかたもあるんですか」

「スカートをはくなら隙を見せるな。パンチラは常に男どもに狙《ねら》われてるんだからな」

「含蓄《がんちく》のある言葉です。さすがお兄ちゃん、パンチラへの情熱は並大抵《なみたいてい》じゃありません」

その言葉に、俺はハッと我に返る。

「なっ⁉　ち、違うぞ！　これは俺がどうとかじゃなくて、男なら誰《だれ》しもが考えてることだ。勘違《かんちが》いするんじゃない！」

「そのわりにはお兄ちゃんのパンチラに対する視線は真剣そのものでしたけど」

「そ、それはきっとラノベの取材活動だからだ！　……で、どうなんだよ。お前はこれで十分パンチラについてわかったのか？」

俺はなんとか会話の流れを修正する。

「はい。パンチラと一口に言ってもいろいろとあるということがわかりました。実際に体験してみないと実感できないことでしたね」

「……それならよかったけどな」

「お兄ちゃんの様子から、パンチラがサービスになるという点も理解できましたし」

「そっちは誤解だ！」

……くそぅ、なんか人として大切なものを失ったような気分だ……。

「……でもさ、本当にこんなことで二巻がより面白くなるのか？」

言って思い出した。……そうだ、そもそもの目的はそこだった。パンチラシーンなんか入れたくらいでなにかが変わるとは俺にはとても思えないんだが……。

「ええ、全《すべ》てではありませんが、方向性としては間違っていないと思います」

「マジで……？」

涼花が不十分だと感じている点って一体なんなんだ？　そこがわかれば面白さを解き明かす手掛《てが》かりになるかと思ったけど、いよいよわからなくなってきた。

俺は疲《つか》れ切って、リビングのソファへともたれかかる。なんだか急に、ここ連日の疲れが押し寄せてきたみたいだった。一方で涼花は平然とした様子でメモ帳を眺《なが》めている。

……こいつ、結構タフだよな。

「お兄ちゃんのおかげで、パンチラを作品に上手《うま》く落とし込むことができそうです。今日は本当にありがとうございました」

「ああ、うん……。役に立ったんならいいけど……」

俺はほとんど目を閉じながら返す。こっちはなんの収穫《しゅうかく》もなかったので、脱力感《だつりょくかん》がすごい。俺の作品にもパンチラシーンを出せば面白くなるかも……、と真剣に考えてしまうくらい頭が働いてなかった。

「それでは私は部屋に戻《もど》るので、お先に失礼します」

ぼんやりとした視界の中で、涼花がリビングから出て行こうとする姿が見えた。

その時、俺はあることを思い出して、ガバッと起き上がった。

「待て涼花」

「はい？」

俺は涼花を呼び止めた。言い忘れたことがあったのだ。

「そのスカート、外では絶対にはくなよ。短すぎだ。研究なら俺が付き合ってやるから、他の誰かにパンチラを見せたりするんじゃないぞ」

「……え？」

……と、思わず言ってしまってから気がついたけど、これってなにか誤解を招く言い方になってないか……？　いや、俺はあくまで涼花に篠崎さんのような痴女《ちじょ》になってほしくないという純粋《じゅんすい》な思いから忠告したのであってだな……。

俺が回転不良を起こしている頭で必死に自己弁護していると、

「……なにを言ってるんですかお兄ちゃん。そんなの当たり前じゃないですか」

涼花は心底呆《あき》れたといった顔で俺の方を見た。

「……いやまあ、わかってるならいいけど」

「人前で下着を晒《さら》すようなことはしません。今回はラノベの取材だから、こんなことをしたんです。それに——」

涼花は俺に背中を向けてドアを開ける。

「……こんなことを頼《たの》めるのは、お兄ちゃんだけなんですから……」

そしてそれだけ言って、リビングから出て行ってしまった。

一人残された俺は、涼花の言葉を反芻《はんすう》しながら一人呟《つぶや》く。

「……いや、俺もこういうのはさすがに勘弁してほしいぞ……」

はぁ……、カオスな一日だった……。疲れたわりには、大事なことは何一つ進展してないってのがまた救われないところだ。

「……で、ラノベ大賞の作品、どうすっかな……」

俺はまだ一ページさえ進んでいない自分の作品を思い浮《う》かべ、肩《かた》を落とした。

CHARACTER 3

江坂さん

Esaka

年齢：20歳↵
身長：145cm↵
スリーサイズ：68/52/76↵
趣味：ナガミンいじり↵
好きなもの：勤労中の休憩（サボリ）↵
嫌いなもの：多忙↵

祐のバイト先である丸猫書店の娘さん。見た目は小学生にしか見えないが、実際は大学生というロリの化身。間延びした口調で話し、目を離すと大抵レジで溶けている。オタクだが、興味はイラスト分野に偏っている。

氷室舞

Mai Himuro

年齢：15歳↵
身長：164cm↵
スリーサイズ：89/59/87↵
趣味：長風呂↵
好きなもの：勝利↵
嫌いなもの：敗北↵

私立七海坂高等学校一年生。学校一の美少女と評判だが、辛辣な態度から「氷の女王」という異名を持つ。その正体はプロラノベ作家の「炎竜焔（えんりゅうほむら）」。基本的に性格がヘッポコで、やることなすこと隙だらけ。

第三章　だからって、妹にエロゲはまだ早い

『だから私は言ってやったのさ。サービスシーンを入れる余地がないなら、唐突《とうとつ》にヒロインを全裸《ぜんら》にさせるくらいの気概《きがい》を持てとな。どうだ、傑作《けっさく》だろう？　ふふ、ふふふ』

「いや、全然笑えないっすよそれ……」

ある夜のこと。俺は自室にて、かれこれ一時間近く長電話に付き合わされていた。

相手は編集の篠崎《しのざき》さん。毎回打ち合わせという名目でかかってくるが、実際は仕事に関する話題はほとんどなく、こうやって無駄話《むだばなし》を延々と聞かされるばかりだ。

「ってか二巻の件はどうなってんすか。そのために電話してきたんじゃないんですか」

『なにを言っているんだ君は。打ち合わせならメールでやってるじゃないか』

「じゃあなんでこうやって電話までかけてきてんですか！　しかも内容は毎回篠崎さんの愚痴《ぐち》とかダベりばっかだし！」

『仕方がないだろう。君は文章では人格が変わるのか知らんが、まるで別人のように真面目《まじめ》になるのだからな。こうやってスキンシップをとるには電話しかないじゃないか』

……ぐっ、それを言われると反論のしようがない。

実際『別人のように』じゃなく、まんま別人がやってるわけだし。

「でも、編集の人がわざわざ作家とスキンシップをとる必要なんてあるんですか？」

『おいおい、君がそんな認識《にんしき》では困るぞ。君が作っているのは工業製品ではなく物語なのだよ？　当然君の心というものがダイレクトに反映されるんだ。編集としては、作家の心理状態を見守る義務があるというものだ』

……へえ、そういうもんなのか。一応プロの編集者だけはあるな。妙《みょう》に納得《なっとく》できる。

「じゃあ俺の今の心理状態は、篠崎さんの見立てではどんな感じなんですか？」

『よく訊《き》いた。私がプロの編集者であることを証明してみせようではないか』

そう言って、むむむむ……とわかりやすい間があったかと思うと、

『ふむ、なるほど……。君は今性欲を持て余しているな？　悪いことは言わない、パーッと発散してきたまえ。なんなら電話ですまないが私も協力しよう。経験がないから拙《つたな》くなってしまうかもしれないが、そこは勘弁願いたい』

「あんたプロ編集者失格だよ‼」

最悪だった。いろんな意味で。

俺は電話を切って、ベッドの上に身を投げ出す。

「くそ、また下らない電話に時間を取られちまった……」

ただでさえ時間がないってのに……、と呟きながら、俺はすぐまた起き上がってノートPCの前へ向かった。画面には、三十ページほど進んだ原稿《げんこう》が映し出されていた。

「ってか、没《ぼつ》だこれ……」

俺はその原稿を没フォルダに保存し、文書作成ソフトを閉じた。

……これでもういくつ目になる？

三年以上ラノベを書き続けてきて、これほど苦戦するのは初めてだった。

「……いやまあ、原因はわかってるんだけど……」

わきに置いてあった涼花《すずか》のラノベを見て、俺はそうこぼす。

こいつに出会って衝撃《しょうげき》を受けて以来、俺は今までのクオリティじゃ満足できなくなっていた。涼花の作品に潜《ひそ》む正体不明の面白《おもしろ》さ。そういったものを俺も出さないと、きっとプロラノベ作家にはなれないのだろう。

……とはいえ、それがわからないから苦労してるんだけどな。

「お兄ちゃん、今お時間はありますか？」

そんなことを考えていると、ノックの音がして、涼花が俺の部屋に入って来た。

「うん？　大丈夫《だいじょうぶ》だけど、こんな時間に何か用か？」

「はい、ちょっとお願いがありまして」

代理人になって以降、涼花はこうやってたまに俺の部屋に来るようになっていた。

もちろん話題はラノベのこと以外ないのだが。

「明日《あした》はお休みですよね？　お兄ちゃんは、特に予定とかないですよね？」

「ああ、ラノベ執筆《しっぴつ》以外は特にないけど」

「では、一緒《いっしょ》に外出しませんか？」

「へ？　外出って、どこに？」

「いえ、別にこれといった目的地があるわけじゃないんです。ただせっかくのお休みですし、たまにはお兄ちゃんと二人でどこかにお出かけするのもいいかな、なんて――」

「ああ、それってつまり、デートみたいな感じか？」

と、不用意に口にして、すぐに「しまった！」と思った。

「で、でででデート!?　な、なにを言ってるんですかお兄ちゃんは!?」

「い、いや、悪い！　違《ちが》うんだ！　連日の寝不足《ねぶそく》から頭が朦朧《もうろう》としてて！」

真っ赤な顔で睨《にら》む涼花に、俺は慌《あわ》てて言い訳する。

そういった経験のない俺にとって、休日に男女が特に目的もなく出かけるってのはデート以外の何物でもなかったのだ。

とはいえ、それを妹相手に口走るとか……ヤバすぎるだろ俺！

「で、デートとかそういうのではありません。勘違《かんちが》いはしないでください。二巻で兄妹《きょうだい》が一緒に出かけるシーンがあるので、その取材のためです」

「う、うん、そうだよな！」

いくら以前みたいなギスギスした関係じゃなくなったからって、涼花が俺に用があるとしたらそれ以外ないもんな。

……うう、それにしてもさっきのはマズった。キモがられてなけりゃいいけど……。

「えっと、そういうことなら構わないぞ。で、どこに行くんだ？」

「それは……、できればお兄ちゃんに決めてほしいんですが」

「お、俺!? なんで？」

「二巻のシーンでも、行先は兄が決める流れになっていますので」

「いや、だからって急に言われても……」

「別にどこでもいいんです。ただ、雰囲気《ふんいき》が良くて、二人きりになれて、なんとなくいい感じに男女の仲が進展するような素敵《すてき》な場所を希望します」

「ものすごいハードルの高い注文なんですけど!?」

ってか、やっぱりそれってデートなのでは……？

と、危ない危ない！　あくまでもそれはラノベの中の兄妹に必要な要素であって、俺と涼花がするのは単なる取材だからな！

「……でもなあ、俺そんな場所知らないぞ……？」

「仕方ありませんね。ではお兄ちゃんの好きなところで構いません。……私にとっては、お兄ちゃんと一緒にお出かけするということが大事ですから……」

「ん？　私にとっては何だって？」

「……………お兄ちゃんがそんな場所を知ってる方が意外だと言いました」

「その通りだけどひどいな!?」

ぷいっと不機嫌《ふきげん》顔でそっぽを向く涼花。

ううむ……、でもどうするかな。俺の好きな場所といったら、思いつくのはあそこしかないけど……、まあラノベの取材でもあるし、逆にいいかな？

「わかった。じゃあ場所は任されたよ」

「ありがとうございます。では明日はデート——違います。取材です。お兄ちゃんと一緒に二人きりで取材ということで、よろしくお願いします」

涼花は律儀《りちぎ》に頭を下げる。……なんか顔が赤くて若干《じゃっかん》うれしそうに見えるのは気のせいだろうか……？　取材ができるからかな？

「にしても、二巻の締《し》め切り近いんだろ？　まだ取材とかしてて大丈夫なのかよ」

「問題ありません。ストーリー自体はもう決まっていますし、変更《へんこう》するにしてもノートがありますから柔軟《じゅうなん》に対応できます」

……そうだった。涼花は『ノート』という、いわゆるネタ帳のようなものを持っているらしいのだ。ラノベ大賞に応募《おうぼ》する以前から書いていたものだそうだが、内容に関しては訊いても教えてくれなかった。

もしかしたらそこに面白さの秘密が隠《かく》されているのかもと思ったが、必死な顔で、涙目《なみだめ》にまでなって「ダメです！」と拒否《きょひ》られたので、それ以上は追及《ついきゅう》できなかったのだ。

……ううむ、でもやっぱ気になるな。

「さて、こうしてはいられません。私は明日の準備があるのでこれで失礼します」

「準備って、別にそんな意気込むようなところには行かない――」

と、俺が言い終わる前に涼花はさっさと部屋を出て行ってしまった。

「……なんか知らないけどはりきってるな、あいつ。こりゃきっと、二巻もまた面白い作品になるんだろうな……」

俺も早く自分の作品を何とかしないとな……と思いながら、ベッドに身を投げ出す。

天井《てんじょう》をぼんやり見つめ、明日の取材で少しでも面白さの秘密がわかればいいんだけど、なんてことを考えていた時だった。

「あいつ、準備とか言ってたけど、まさか弁当の用意とかしてないよな……？」

たまには兄らしく、明日はバイト代で涼花におごってやろうと考えていたから、昼飯はいらないってことをちゃんと伝えておかないといけない。

俺はベッドから立ち上がり、涼花の部屋へと向かった。

ドアをコンコンとノックする。……が、なぜか返事がない。

「あれ、いない？　おーい、涼花ー？」

今度はもうちょっと強めにノックする。けど、結果は同じだった。

……なんだ？　一階に下りたのか？　そんな気配はなかったけど。

「……ってこれ、電気点《つ》けっぱなしじゃないか？　仕方ないな……」

隙間《すきま》から光が漏《も》れていたので、俺はスイッチを押そうとドアを開ける。

——が、次の瞬間《しゅんかん》、信じられない光景に動作も思考もピキッと固まった。

「……こっちは、ちょっと派手ですね。お兄ちゃんの服装は地味めですから、並んで歩くとおかしくなります。でもこっちは……、少し地味すぎるでしょうか？　落ち着いているのはいいんですが、暗い感じなのはダメですね。もっと柔《やわ》らかい感じで、お兄ちゃんの服装と合うようなのは……」

…………………………………………これは、何が行われているのでせうか……？

涼花が下着姿のまま、鏡の前で服をとっかえひっかえしている。

部屋の中は、これだけの数がどこにあったんだ？　と思えるくらい服が散乱しており、足の踏《ふ》み場もないほどだ。ベッドの上さえも服で埋《う》まっている。

「うん、これはいいかもしれません。でも、ちょっとスカートが短すぎるでしょうか？　お兄ちゃんは外で短いのはダメだって言ってましたし、うーん……、他《ほか》のにしましょう。私もあんまり短いのは苦手です…………し……？」

……あ、ヤバイ。鏡越《ご》しに目が合った。

涼花がさび付いたロボットのような動きでギギギ……と振《ふ》り向く。

その間も俺は固まったままだったが、涼花の限界まで見開かれた目を直接見た瞬間、金《かな》縛《しば》りが解けたように身体《からだ》が動き始めた。

本能が叫《さけ》んでいる。逃《に》げなければマズイ、と。

「あー……。し、失礼しました……」

俺はなんとかそれだけを喉《のど》から絞《しぼ》り出し、後ずさる。

目線はずっと涼花に固定されたままだが、決して下着姿に見とれていたからではない。

「……………お、お兄ちゃん？」

涼花は放心したかのようにその場にへたり込んだ。

持っていた服を抱《だ》きかかえ、少しでも肌《はだ》を晒《さら》すまいとするかのように。

間もなく、身体が小刻みに震《ふる》えだし、顔がこれ以上ないくらい赤くなる。

そして――

「……………お兄ちゃん、最っ低です……っ！」

しごく当たり前の言葉を、渾身《こんしん》の力を込めて絞り出した。

「ごごごごごめんなさいいいいいいいいいいいいいぃぃぃぃぃっ!!」

俺は謝りつつも神速でドアを閉め、階段へと向かって走り出す。

……なにやってんだよ俺は！　マジでなにやってんすか俺はっ！

「じ、事故とはいえ！　故意じゃなかったとはいえ！　妹の着替《きが》えを覗《のぞ》くとか変態鬼畜《きちく》兄貴にもほどがあるだろーがよおおおおぉぉぉぉっ!!」

脳内で何度も涼花に向かって土下座しながら階段を駆《か》け下りる。

でもその時一瞬だけ、俺の頭に雑念が混じってしまった。

「……あいつ、結構スタイルいいんだな………。胸はないけど……」

そう呟《つぶや》いた瞬間、俺の足はなぜか階段を踏み外し、空中へと躍《おど》り出た。

どうやらこの世界、天罰《てんばつ》ってやつは普通《ふつう》に機能しているらしい。

もちろん、俺はそのまま階段から転げ落ちましたとさ。

▼

「さ、さあ着いたぞ！　ここが秋葉原だ！」

「そうですか」

翌日の昼前、俺達は秋葉原へとやって来た。

俺の声が若干引きつっているのと涼花の声が底冷えしていることから、昨日起きた不幸な事件の顚末《てんまつ》はわかると思う。……まあ、ただひたすら俺が謝り続けたってだけだが。

「……あの、まだ怒《おこ》ってるか？」

「……昨日のことならもう怒っていません」

「そ、そうか。じゃあ早速《さっそく》取材を始めると――」

「ですが、別件で訊《き》きたいことがあります。この場所は一体どういうことですか」

涼花はものすごく不機嫌そうな表情で、秋葉原の街を見回す。

「男女がいい感じになるような場面を取材できる雰囲気ではないんですが」

「……そりゃまあオタクの街だからな」

ぶっちゃけ、そういう雰囲気とは対極にある場所と言っていいと思う。

「お兄ちゃん……」

「い、いやだって、俺の好きな場所でいいって言ってたし、それにお前のためにもなると思ってだな――」

「……私のためとはどういうことですか？」

「ほら、ラノベだったら絶対オタク要素とかが必要じゃないか。でもお前はそういうのよく知らないだろ？　だから、秋葉《アキバ》に来ればそういうのもついでにわかると思って……」

「………………はぁ」

う……、涼花のため息が重い。ついでに視線も痛い。

やっぱデート（のような）シーンの取材でアキバってのは無理があったかな……。

「……お兄ちゃんはやっぱりお兄ちゃんなんですね……」

「なんか、ごめん……。なんなら今からでもどこか別の場所に行くか……？」

「いえ、いいです。お兄ちゃんは私のためを思ってここを選んでくれたんですよね？　だったら今日は秋葉原取材でいいです」

と、涼花はどこか諦《あきら》めたような口調でそう言った。

「それに、篠崎さんからのアドバイスでも、オタク要素の導入というのがありましたし」

「そういや、直接会った時にも言われたな……。メールでも来てたのか」

「はい。というわけで取材内容は変更します。今日はオタク要素の取材を主にするため、普《ふ》段《だん》お兄ちゃんが見て回っている場所を案内してください」

「俺の見て回ってる場所……？」

「ええ、お兄ちゃんはオタクなのですから、ちょうどいいでしょう？」

「そ、それはそうだけど、でも当初の取材目的とあまりにかけ離《はな》れすぎてるような……」

「誰《だれ》のせいだと思ってるんですか。……それに、これはこれでよかったかもしれません。私の知らない普段のお兄ちゃんを取材するいい機会です」

「そんなもん取材して二巻の役に立つのか？」

俺は首を傾《かし》げるが、涼花は既《すで》に取材モードに入ったのかメモ帳を構えていた。

「さあ、早速案内を始めてください」

「わ、わかったよ。……でも、そういうことならちょうどいい。お前に見せたかったものもあるからな」

見せたかったもの……？　と首を傾げる涼花を連れて、俺は秋葉原の街へと出た。

「……随分《ずいぶん》と人が多いですね」

街中に一歩踏み出すと、涼花は圧倒《あっとう》されたように言った。

その言葉通り、休日の秋葉原はさすがに混雑していた。

「ああ、お前は人ごみに慣れてないだろうから、俺から離れないようにしろよ？」

俺がそう言って歩き出そうとすると、突然《とつぜん》涼花が俺の手を握《にぎ》ってきた。

「涼花？」

「……はぐれてはいけませんから、仕方がありません。不可抗力《ふかこうりょく》です」

不本意そうな感じで言う涼花だが、その手は力強かった。

「そ、そうだな……。はぐれちゃいけないもんな」

……こいつと手をつないで歩くとか何年ぶりだろうと思いながらも、俺は涼花の手を握り返した。柔らかい感触《かんしょく》に、ちょっとドキドキしたのは秘密だ。

そのまま俺達二人は秋葉原の街を歩き始める。

最初にやって来たのは俺の行きつけの書店だった。

俺の回るところといえば、大体こういったラノベ売り場がメインになる。

「……ここに並んでいるのが、全部ラノベなんですか……？」

涼花は、本棚《ほんだな》が全《すべ》てラノベで埋まっている光景に圧倒されたように呟いた。

確かにこういう光景は専門店でないと見られないから、初めてならその反応も当然だろう。でも、俺はそんな涼花に「あっちを見てみろ」と促《うなが》す。

「なんですか？　あ、あれは……」

俺の指さした先には、ラノベの平積みコーナーがあった。

そして、その中でも特に広いスペースを取った一角に大量に並んでいるのは——

「……私の作品？」

「そうだよ。あ、ほら見てみろ。今も一冊売れた」

その時、ちょうど一人の客が涼花のラノベを手にとってレジに向かうのが見えた。

「作者なら、どうやって自分の作品が売られているかは見ておかないとな。ああやって店がフリップまで出して宣伝してくれてるし、売り場面積も他の何倍もある。それくらい、お前の作品は人気だってことだ」

「もしかして、お兄ちゃんが私に見せたかったものって……」

……まあ行先がアキバになったのはそこしか思いつかなかったからなんだけど、でもせっかく涼花と一緒《いっしょ》に来るなら、この光景を見せたかったというのは確かにあった。

涼花一人なら、絶対こんな場所になんて来ないだろうしな。

「いえ、違《ちが》いますね。多分こっちは後付けの理由でしょう」

「自己完結された⁉　しかも自信満々に⁉」

「お兄ちゃんの考えていることなんて大体わかりますから」

お、恐《おそ》ろしい……。なんでこいつは俺の心が読めるんだよ……。

「いやでも、俺は本当にお前の作品がどれだけすごい人気なのかってのを実感してもらいたくてだな――」

「……はぁ、お兄ちゃんはどこまでもお兄ちゃんですね」

涼花は呆《あき》れたようにため息を吐《つ》く。でも、その顔はどこかうれしそうに見えた。

「わかっていますよ。ありがとうございます。お兄ちゃんの心遣《こころづか》いを無駄《むだ》にしないよう、二巻はもっとがんばろうという気になりましたから」

そう言って、ふわりと笑う涼花。

その笑顔《えがお》が思いがけず可愛《かわい》くて、俺は一瞬《いっしゅん》頬《ほお》が熱くなるのを感じた。

……な、なんかよくわからないけど、どうやら機嫌《きげん》は直った……のかな？

「さて、では張り切って秋葉原取材を続けましょう。次の場所に案内してください」

「わ、わかったからそんなに引っ張るなって。……でも、こんなんでちゃんと取材になってるのか……？　俺の普段行く場所とかさ」

「大丈夫《だいじょうぶ》ですから。余すところなく案内してください」

涼花がそう言うので、俺はその後もいくつかの書店に涼花を案内した。

その次に俺達が向かったのは同人ショップだった。

同人といえば漫画《まんが》の方が遥《はる》かに多い業界なので、基本文章畑の俺はそれほど足を向ける機会がないのだが、ごくたまにドハマリしたラノベの同人を見に来ることがある。

涼花は同人という世界そのものを知らなかったらしく、その構造と規模に驚《おどろ》いていた。

他《ほか》にもゲームショップ、オタグッズ屋、アニメショップなどを回り、時間が余った時にたまに行くゲーセンなんかにも足を向けた。

涼花は全てが初めての経験だったらしく、行く場所全てで熱心にメモを取っていた。

「お兄ちゃんは、秋葉原で普段こういう場所に来ているんですね」

「そうだけど、なんか俺のプライバシーが暴《あば》かれているような気が……」

「いえ、決してそんなことはありません」

プイッとそっぽを向く涼花。その時、不意に俺のスマホが鳴りだした。

「ん？　誰からだ……って、舞《まい》かよ」

舞の名前が出た瞬間、涼花が俺の手を握る力が増した気がした。

「……もしもし？　悪いけど今アキバに来てるから、用件ならまた後で――」

『なんですって⁉　アキバに行くならどうして私を誘《さそ》わないのよ！　ちょうど休みだし、あんたの取材も兼《か》ねて会いたいなって思ったから電話したのに！』

いきなり大声でまくしたてられ、俺は思わずスマホを耳元から離した。

「んなこと言われても、俺はお前の予定なんて知らないんだから仕方ないだろ！」

『予定なんて、あんたの取材のためならいくらでも空けられるのよ。お望みとあらば、今から世界一周旅行に行くって言ったって付き合うわ。だから、あんたはいつでも気兼《きが》ねなく私を誘ってくれればいいのよ！』

超絶《ちょうぜつ》美少女である舞からこんなことを言われたら普通は滅茶苦茶《めちゃくちゃ》うれしいんだろうけど、目的がストーカー行為《こうい》とわかってるので残念さしかないな！

『ああもう！　こんなことならもっとちゃんとあんたの動向を把握《はあく》しとかないといけなかったんだわ！　……そうだ、あんたの部屋のクローゼットの上ってスペース空いてたわよね？　そこにライブカメラ置かせてよ。そしたら普段の生態も観察できるし』

「俺は野生動物か何かか！　というか、お前はそのナチュラルストーカー的思考をどうにかしろ！　それに、そこまで言うなら今からアキバに来ればいいじゃないか！　俺達はまだしばらくいる予定なんだし――」

と、そこまで言った時、不意に涼花が俺のスマホを奪《うば》い、通話を切った。

「って、おい！　何やってんだよ涼花！」

「それはこちらの台詞《せりふ》ですね。お兄ちゃんこそ、せっかく二人きりでデート——いえ違います、ラノベ取材に来ているのに、氷室《ひむろ》さんを呼んでどうするんですか」

「そ、そりゃまあそうだけどさ。でもいきなり電話を切るってのは……」

「別に急用ではなかったのでしょう？　氷室さんとは普段から学校で会ってるはずじゃないですか。わざわざこんな時まで一緒にいなくてもいいはずです」

涼花は怒《おこ》った様子でそう言うと、スマホの電源を切って自分のバッグへと放《ほう》り込んだ。

「……さて、では取材の続きをしましょう」

「あの、俺のスマホは……？」

「今は不要なので私が預かっておきます」

問答無用といった感じの涼花に、俺はそれ以上何か言うのを諦めた。

……これ、休み明けの学校で絶対舞にキレられるよなぁ……。

「お兄ちゃん、ため息なんて吐いてないで早く案内してください」

「わかったよ……。でも、案内すべき場所はあらかた回り終わっちまったけどな」

そこで俺は腕《うで》時計を確認《かくにん》する。

「……って、そろそろ昼時か。じゃあとりあえず、メシでも食うか」

「はい。ですが、本当にお弁当を持ってこなくてもよかったんですか？」

秋葉原に弁当を持ってくる方が珍《めずら》しいだろうな、と苦笑《くしよう》しつつ、俺は涼花をある場所へと連れていく。アキバに来て食事といったら、あそこしかないだろう。


「「「お帰りなさいませ、ご主人さま！　お嬢《じよう》さま！」」」

ドアを開けると、メイドさん達が弾《はじ》けんばかりの笑顔で出迎《でむか》えてくれた。

俺達がやって来たのは当然メイド喫茶《きつさ》だ。

アキバに来てオタク要素の取材をするのに、ここを外すなんてのはあり得ないだろう。

「……なんなんですかこのお店は」

席に案内された後、涼花は戸惑《とまど》いながら店内を見回していた。

「お兄ちゃん……、もしかしてここはいかがわしい風俗店《ふうぞくてん》かなにかですか……？」

「ちょ……っ!?　滅多《めった》なことを言うな……っ！」

い、今のメイドさんに聞かれなかっただろうな……？　俺は小声で注意する。

「ごく普通《ふつう》の飲食店だ。ただ、店員がメイドさんの格好をしてるってだけで」

「全然意味がわかりません。理解できるように言ってください」

涼花が俺を睨《にら》む。仕方がないので俺はメイド喫茶について説明する。

「いいか？　メイドさんってのはオタク業界ではかなり人気の属性なんだ。でも実際に現実世界でメイドさんと出会う機会なんてない。そこで生み出されたのがメイド喫茶という神システムだ。ウェイトレスがメイドさんの格好をすることで、手軽にメイドさんと触《ふ》れ合うことができるというわけだ」

「……でも、なんで服があんなヒラヒラしてる上に、妙《みょう》にスカートが短いんですか？」

「え？　そりゃメイドさんだからでは？」

「あんな格好は本物のメイドさんとは違うと思います」

「……お前本物のメイドさんを見たことあるのか？」

「学校で、誰《だれ》かのお付きをしているメイドさんを時々見かけます」

……ま、マジか。名門お嬢さま学校恐るべし……。

「そのメイドさんはもっとシックな感じで、スカートも長いですよ」

「あー……、まあ本物はそうなんだろうけどな。こういった場所のメイドさんはオタク向けサービス用にカスタマイズされてるというか……」

「なるほど、よろこばれるようにですか。つまり、お兄ちゃん向けということですね」

「どうして俺を引き合いに出す!?」

「そう言えば、お兄ちゃんはお店の様子に慣れているようですね。メイド喫茶にはよく来ると考えていいですか」

「……まあ、確かにアキバに来てちょっと休憩《きゅうけい》する時は利用するな。常日頃《つねひごろ》から、ラノベのためにオタクな空気を肌《はだ》で感じるようにしてるわけだ。あ、勘違《かんちが》いするなよ？　別に特にメイドさんが好きとかそういうのではなく——」

「じゃあ好きじゃないんですか？」

涼花の質問に、俺は即答《そくとう》できず言葉に詰《つ》まる。

好きか好きじゃないかと言われれば好きに決まってる。大好物ってわけじゃないけど、メイドさん属性はやっぱいいと思うし……。

そう言えば俺の作品でメイドさんキャラって結構出てくるかもしれない。

「……やっぱり好きなんですね。あんな格好をしてる女の人をわざわざ見に来てるんですね。氷室さんがエロ魔人《まじん》と呼んでいた理由もわかります」

「ご、誤解だ！　俺には別にイヤラシイ目的なんかないって！」

「ではエロ魔王と呼びます」

「ランクを上げるな！」

「まったく……、お兄ちゃんはいつもこうです」

涼花は俺を白い目で見て文句を言いながらも、メモ帳にペンを走らせている。

取材が進んでいるのはいいことだけど、その度《たび》に俺が火傷《やけど》しているのはなぜだ……？

「ご主人さま、お嬢さま。ご注文はお決まりですか？」

その時、タイミングよくメイドさんが注文を取りにきた。

とりあえず昼飯になるようなものを頼《たの》んでおく。涼花はメイド喫茶独特のメニューに首を傾《かし》げていたが、そういうもんなんだとしか説明のしようがなかった。

「オタク文化というものにはなかなか驚かされます。本物でもないのにその格好をして喜ばれるなんて、不思議ですね」

注文を終えた涼花は、メイドさんを見送りながらそう呟《つぶや》いた。

「キャラの属性で一番わかりやすいのはやっぱ外見だからな。その格好をすることで比較《ひかく》的《てき》簡単に『なりきれる』わけだ。コスプレする理由なんてそれだよな」

「こすぷれ……？」

……まあ当然知らないだろうから、俺は説明しておく。

「そんなものまであるんですね。……お兄ちゃんもコスプレは好きなんですか？」

「好きというか……、普段《ふだん》と全然違った印象になるから、思わず目が行っちまうってのはあるよな。やっぱりその分可愛く見えたりもするし」

「なるほど、お兄ちゃんはコスプレする女の子が好き……と」

「いや、だから……、それってメモる必要あるんですかね……？」

しかも別に特別好きってわけでもないしな……。もちろん嫌《きら》いじゃないが。

……と、そんなことよりもだ。

「で、色々見て回ったけど、二巻の役に立ちそうな取材にはなったのか？」

俺はメモ帳に集中している涼花に、そもそもの目的について訊《たず》ねた。

「はい。お兄ちゃんの嗜好《しこう》がよくわかりましたし、なにより久しぶりにお兄ちゃんとお出かけできたのが一番うれし――」

と、そこまで言って涼花はハッと顔を上げる。

「い、いえ！　なんでもありません！　と、とにかく取材は成功です。はい」

なぜか顔を赤くして、焦《あせ》った様子の涼花。その前になんか言いかけてたみたいだけど、ちょうどメイドさん達がお客さんを出迎える声と重なって聞き取れなかった。

「……そうか？　でもまあ、それならよかったけどな。オタク要素なんて実際に肌で触れてみないとわからないことも多いし」

「え、ええ……、そうですね。こほん……。ですが、まだ不十分なことがあります」

「ん？　不十分って、なにがだよ」

「私は秋葉原でお兄ちゃんがいつも行く場所を案内してくださいと言いましたよね？　ま

だ行ってない場所があるはずじゃないですか？」

……行ってない場所？　いや、俺がいつも巡《めぐ》るコースは大体行き尽《つ》くしたはずだが。

「お兄ちゃんは以前、秋葉原に行ってきたと言って帰ってきた時、これくらいの大きさの箱らしいものが入った袋《ふくろ》を持っていたことがありましたね。あれはなんなんですか？　あんな大きさの箱は、午前中に回った店にはありませんでした」

……箱？　と一瞬《いっしゅん》考えた俺は、すぐにそれが何かわかって血の気が引いた。

そ、それってまさか…………、エロゲのパッケージのことか……っ⁉

……確かに昔一度、アキバでエロゲを買って帰った日に涼花に見つかったことがある。でもその時は別に何も言われずに、すぐに部屋に行ったはずだ。もしかして、そのことを覚えてるのかこいつ……？　どんだけ記憶《きおく》力がいいんだよ……っ！

「と考えれば、まだ行ってないお店があるんじゃないですか？」

「い、いやそれは……、多分ゲームじゃないかな……？」

俺は慌《あわ》てて誤魔化《ごまか》す。確かに俺はアキバに来た時、たまにエロゲ売り場にも寄ることがあるけど、まさかそんな場所に涼花を連れて行くつもりなんてなかったから、案内すべき場所にカウントしてなかったんだ。

「さっき行ったゲーム屋さんに、あれくらいの大きさの箱はなかったようですが」

ぐ……、ちゃんと見てるな……。

俺は涼花の観察力と、エロゲ特有の無駄《むだ》に大きなパッケージを恨《うら》んだ。

「そ、そうだったか？　ってか、そんなことあったかな？　覚えてないなー」

「……お兄ちゃん、なにか隠《かく》していますね？」

涼花の容赦《ようしゃ》のない追及《ついきゅう》に、冷や汗《あせ》が流れる。

「お兄ちゃんはわかりやすいので、隠そうとしてもダメです。その箱のお店にもちゃんと連れて行ってください。そうじゃないと完全な取材とは言えません」

ぐ……っ、この完璧《かんぺき》主義な妹め……っ！

……とはいえ、さすがに涼花をエロゲ売り場に連れて行くってのは……どうよ？

「……待て涼花。あれはだな……、なんというか、ラノベの取材には関係のないものなんだ。ほら、ラノベって年齢《ねんれい》制限とかないし」

「つまり、あの箱は年齢制限に関係するものということですね」

「うぐ……っ」

あっという間に語るに落ちる俺。

「とにかく、お兄ちゃんが普段行く場所は全《すべ》て案内してもらいます。これも二巻を書くために必要な取材ですから」

有無《うむ》を言わさないといった感じの涼花。とても誤魔化しきれる雰囲気《ふんいき》じゃなかった。

俺はしばらく頭を悩《なや》ませたが、やがて覚悟《かくご》を決める。

そうだ……、涼花はもうプロラノベ作家なんだから、エロゲくらい当然のように接しなけりゃいけないんだ。ラノベとエロゲは親戚《しんせき》みたいなものだからな！　多分！

「わかった……、案内するよ。でも、どんな場所でも文句は言うなよ？」

「そんな前置きが必要な場所なんですね。そこまで危険なところですか」

「いや、危険ってわけじゃないけど……」

少なくとも、女の子が足を踏《ふ》み入れるべき場所じゃないってことは確かだった。

……でもまあ仕方がない。これも涼花の取材のため、より良いラノベを書くためだ。

「お待たせしました、ご主人さま、お嬢《じょう》さま」

そこで注文した品が運ばれて来たので、俺達は一旦《いったん》食事に集中した。


「ここだ」

メイド喫茶を後にした俺達は、とある店の前へとやって来ていた。

「……ここは、さっきも来たゲーム屋さんではないですか？」

「ああ。でも二階にはまだ行ってなかっただろ？」

そう、問題の場所は二階にある。一階はごく普通のゲーム屋だが……。

不思議そうな顔をしている涼花を連れて、俺達は二階へと上がる。その瞬間《しゅんかん》——

「……なっ！」

横で涼花が息を呑《の》んだのがわかった。まあこの光景を見れば無理もない。

この店の二階はエロゲコーナーになっている。一目でそれとわかるパッケージが整然と並べられており、壁《かべ》にはエロゲのポスターが貼《は》られ、ところどころにエロゲキャラの等身大（?）パネルまである。……いわゆる典型的なエロゲ売り場だ。

「ここは……一体、なんなんですか……っ」

涼花は俺の服をつかみ、おびえたように身を寄せる。怖《こわ》がりの女の子がお化け屋敷《やしき》にでも入った時みたいな反応だった。まあ確かに、先日までパンチラも知らなかった涼花にしてみれば刺激《しげき》の強すぎる場所なのかもしれない。

……それでも、あの涼花がここまで怯《ひる》むとは。エロゲ恐るべし……。

「見ての通り、エロゲ売り場だ。ああ、エロゲってのは……、まあ言うなればエロ要素の有るゲームってことで」

「そんなのは見ればわかります……っ！　こんな卑猥《ひわい》な絵が大量にあるなんて信じられません……っ！　なんて場所ですかここは……っ！」

顔を真っ赤にして俺の後ろに隠れようとする涼花に、俺は苦言を呈《てい》する。

「おいおい、だからどんな場所でも文句を言うなって言っておいたろ？」

「限度というものがあります……っ！　そもそも、どうしてお兄ちゃんがこんなお店に出入りしているんですか……っ！　年齢制限とかあるんじゃないんですか……っ」

「いや、そりゃ文字通り十八禁だけど。大丈夫《だいじょうぶ》、この店は年齢確認《かくにん》とかしてないから」

「それは大丈夫とは言いません……っ！」

涼花が赤い顔のまま俺を睨《にら》む。……ってか、明らかに怒《おこ》ってるなこれ。

「仕方ないだろ。昨今のラノベではエロゲオタな主人公も珍《めずら》しくないんだ。その辺りの感覚を得るために、俺もエロゲをプレイしなくちゃならないんだよ……っ」

「使命があるみたいな言い方をしないでください……っ。理由はどうあれ、お兄ちゃんはあんな卑猥なゲームをしてるということじゃないですか……っ！」

そう言って涼花が指さした先には、触手《しょくしゅ》に絡《から》まれた女の子のパッケージが。

「な……っ！　ち、違うぞ。俺だってあんな明らかにエロだけが目的のゲームはやってないからな⁉　あくまでもシナリオの良し悪《あ》しで判断して、エロ要素はおまけというかプラスアルファーというか！」

「意味がわかりません……っ！」

ううむ、エロゲと一口に言ってもその内容は千差万別《ばんべつ》なのだが……。その辺の感覚を涼花に説明するのは難しそうだった。特に今みたいな状態ではまともに話を聞いてくれそうにない。……ってかエロゲに関しては普通の状態でも会話自体が成立しない気がする。

「と、とにかくだ、お前が来たいって言ったからわざわざ連れて来たんだぞ？　さっさと取材を終わらせて帰ろう。な？」

「うう……、お兄ちゃんがこんなエロ魔神《まじん》だとは思ってませんでした……」

「またランクが上がった気がするんだけど!?」

「……でも、わかりました。言いたいことは山ほどありますが、今は取材に集中します。で、お兄ちゃんがいつも購入《こうにゅう》している卑猥なゲームはどれですか」

「その卑猥なゲームって言い方はやめてくれ……」

俺はそう言いつつも、メモ帳を構えた涼花を見て安堵《あんど》する。

この場でいきなりお説教タイムとかが始まったらシャレにならないからな……。

俺は鬼畜《きちく》ゲーや抜《ぬ》きゲーのメーカーを避《さ》け、シナリオ重視のＡＤＶメーカーの棚《たな》へと涼花を案内する。こういうエロゲはパッケージからしてあからさまなエロってわけじゃないから、涼花にとってもまだマシな部類だろう。

「えーと……、このメーカーとかは良作を結構出してるな。俺もいくつかプレイして実際面白《おもしろ》かったし、ネットのレビューでもやっぱり評価が高いぞ」

「……見た目は向こうにあったようなのじゃなく、ラノベの表紙みたいですね」

「そうそう。だから話の内容自体はラノベと変わらないんだって。ただ一部に十八禁要素があるってだけで。その証拠《しょうこ》にエロゲからアニメ化までいった作品もあるわけだし」

まあ、その間に全年齢版のゲームが挟《はさ》まるのが普通《ふつう》だろうけど。

「アニメ化……？　卑猥な場面が放送されたんですか……？」

「違《ちが》う！　ちゃんとエロ要素を抜いた上でだ！　つまり、そういったものがなくても物語として成立してるってことだよ！　……俺が内容自体はラノベと変わらないって言ったのもそういうことだ」

「……だったら最初からラノベとして世に出せばいいんじゃないですか？」

涼花の根本的な疑問に、俺は「甘いな」と返す。

「エロシーンはおまけではあっても、やはり重要な要素なんだ。なんだかんだで、気に入ったキャラとのエロシーンは誰《だれ》でも見たいと思うからな……。そういった需要《じゅよう》に応《こた》えるために、エロゲってのはあるんだよ！」

「……恥《は》ずかしいので熱弁しないでもらえますか」

眉間《みけん》にしわを寄せてそう言いつつも、涼花はエロゲのパッケージを手に取り、いろんな角度から眺《なが》めては棚に戻《もど》し、メモを取り始めた。

「でもとりあえず、この前教わったサービスシーンと同じような感じはします。男性にとってうれしい要素をさらに強化した作品が、こういったゲームと解釈《かいしゃく》していいですか？」

「あー……、まあその認識で間違っちゃいないかな……」

エロゲのことを語っているとは思えないほど分析的《ぶんせきてき》な言い方に、なぜか気後《きおく》れする。

「……まったく、男の人、もといお兄ちゃんはよくわかりませんね」

「俺を男の代表みたいに言うな！」

「で、お兄ちゃんの好みはどれなんですか。これですか？　それともこっち――」

いちいち指さしながら訊《き》いてくる涼花に、俺はいよいよ困り果てる。

「そ、それよりも涼花、取材はもう十分だろ？　ほら、エロゲ売り場にお前みたいな女の子がいるのってよろしくないし……。そろそろ帰ろうぜ？」

「どうしてです？　まだ取材は終わってません。それに――」

そう言いながら涼花は、おもむろに腕《うで》を上げて店内の一角を指さす。

「女の人なら、私以外にもあそこにいるじゃないですか」

「へ？」

俺は涼花の指さす方へと振《ふ》り向いた。

――と。

「そこのあなた！　そんな駄作《ださく》を買ってはいけまセン！　その作品はフルプライスのくせにエロCGの量が全然足りてませンよ！　しかも構図も最悪デス！」

「え、ええっ⁉」

なぜかそこでは金髪碧眼《きんぱつへきがん》かつグラマラスな美女が、エロゲの平積みコーナーの前に立ち、流ちょうな日本語を駆使《くし》し他《ほか》の客に説教をかましていた。

「そんなのを買うくらいなら、同じメーカーの前作のが素晴《すば》らしいデスよ！　抜きゲーとしても優秀《ゆうしゅう》デス！　ほら、向こうのメーカーの棚に……、って、置いてないじゃないデスか！　店員さん、どういうことデス！」

「た、ただいま売り切れていまして……」

「エロゲ屋さんにあるまじき怠慢《たいまん》デス！　そんなことだから無駄《むだ》にプレミアが付いてしまうんじゃないデスか！　エロゲ普及《ふきゅう》の敵デスよ！」

しかも、説教が店側にまで飛び火していた。周りの客は関《かか》わり合いにならないよう視線を逸《そ》らしているし、巻き込まれた客と店員さんは今にも泣きそうな顔をしている。

「さすがです。こういう特殊《とくしゅ》な場所には、ああいう不思議な人がいるものなんですね」

「いやいやいや！　あれは確実にイレギュラーだから！　普通のエロゲ売り場にはあんなのはいないからな!?」

ってか、なんなんだあの人は……？

外国人の美女がエロゲ売り場にいること自体とんでもなく珍しいのに、それが大声であのエロゲは良いとか、このエロゲはダメだとか口走っていた。

正直、何が起こっているのか理解できない状況《じょうきょう》だ。

でも、関わり合いになっちゃいけないということだけは痛いほどわかる。

俺は涼花の背を押して、その場を静かに離《はな》れようとした。……が、

「あ」

その時、偶然《ぐうぜん》金髪美女と目が合ってしまった。

しかも、俺が目を逸らす暇《ひま》もなく、ものすごい勢いでこっちに走ってきた。

「う、うわっ!?　すいません！　別にジロジロ見てたわけじゃなくて――」

「あ、あなたはもしかして、永遠野《とわの》先生ではないデスか!?」

「ええっ!?」

俺が慌《あわ》てて言い繕《つくろ》おうとしていると、金髪美女は意外な名前を口にした。

「やっぱり先生デス！　間違いないデス！　授賞式の写真で見たのと同じデス！」

「じゅ、授賞式の写真⁉　いや、ちょっと、あなたは一体……」

「ああ、こんなところで偶然会えるなんて！　やっぱりエロの神様は私の味方デスね！」

感激した様子で手を組み、怪《あや》しい神様に向かって祈《いの》る美女に、俺は混乱する。

……って待てよ？　俺の正体を知っていて、しかも授賞式の写真ってことは……？

「お兄ちゃん……、もしかしてこの人は……」

隣《となり》にいた涼花も何かを察したのか、俺の手を握《にぎ》りながら難しい顔をしている。

「……あ、あの、すいません。ひょっとしてあなたは……」

「あ、すいませんデス。先生に会えたうれしさでついイッちゃいそうになりマシた。初めマシて。私が先生の作品のイラストを描《か》かせてもらってるアヘ顔W《がおダブル》ピースデス！」

そう言って、本当に顔の近くでWピースする金髪美女。

でもその表情はものすごく爽《さわ》やかな笑顔《えがお》で、全然名前通りじゃなかった。

「ええ⁉　あ、あなたが……っ、えーと……、あのWピース先生⁉」

「違いマス！　ちゃんとアヘ顔と呼んでくだサイ。そっちが本体デスから！」

「本体ってなに⁉」

「アへ顔をしているからこそ、Wピースが淫靡《いんび》な意味合いを持つのデス！」

「そんな力説されても!?」

「いやー、でもこんな場所で偶然出会うなんて、驚《おどろ》きデスねー」

いやいや、それよりも、Wピース先生の正体がこんな美女で、しかも金髪碧眼の外国の方だってことの方が遥《はる》かに驚きなんですが……。

「………Wピースさんって男の人だと思ってました。女性だったなんて……」

さすがの涼花も絶句している。俺だって男だとばかり思ってたから気持ちは同じだ。

俺はあまりの事態に放心しかけていたが、店内の客が訝《いぶか》しそうにこちらを見ているのに気がついて、慌てて二人の手を摑《つか》んで人気《ひとけ》のないコーナーへと移動した。

「いきなりどうしたんデスか？ 先生」

「い、いや、俺がラノベ作家の永遠野誓《ちかい》だってバレるといろいろマズイんで……」

「そうなんデスね。すいません、ボイスの音量が大きくテ」

「いえ、こちらこそすいません、ちょっと急なことで取り乱してしまって……。それに、まさかWピース先生が、その……、外国の方だとは思わなかったので」

「アハハ、確かに初対面の人は驚いちゃいマスよね。でも安心してくだサイ。日本語はちゃんと話せマスし、国籍《こくせき》はイギリスでも心は日本人デスから！」

Wピース
・・・
Do the
BEST

「あ、イギリスの方なんですか。でも、すごく日本語が上手ですね」

「はい、エロゲを通じて完全にマスターしマシたので！」

ビシッと親指を立てながら言われ、俺と涼花は固まる。

「え、エロゲで、ですか……？」

「そうデス。エロゲは私のバイブルデスから！」

豊満な胸を張って誇《ほこ》らしげなWピース先生。

俺は無言で涼花と顔を見合わせると、その話題には触《ふ》れないでおこうと頷《うなず》き合った。

「え、えっと……、ところでどうしてこんな場所に……？」

「私は次回作の参考になるようなエロゲの新作を買いに来てたんデス。でも、隣でぼったくりエロゲを買いそうな人がいたのでつい……、てへへ」

恥ずかしいデス、と顔を赤らめる様子が可愛《かわい》くて、ちょっとドキリとした。

「先生こそ、どうしてここに？　それにそっちの美少女は、もしかして先生の妹さんだったりするのデスか？」

「……初めまして。妹の永見《ながみ》涼花です」

「これはご丁寧《ていねい》に！　私のことはアヘ顔と気軽に呼んでくだサイ！」

「いやいやいや！　さりげなく妹にハードルの高い要求をしないでください！」

「なぜデス？　アヘ顔Ｗピースという名前が問題なんデスか？　いけマセんね。こんなに的確なエロワードを生み出す日本語をもっと誇るべきデスよ！　日本語って美しい！」

「全然誇れないんですけど⁉」

「そう言えば気になっていたんですが、アヘ顔Ｗピースってどういう意味なんです？」

「なんと、妹さんは知らないんデスか？　アヘ顔Ｗピースというのはデスね、気丈《きじょう》なヒロインが快楽堕《お》ちした末に――」

「だあああぁっ！　俺の妹に変な単語を教えないでください！」

　さすがにそういうのは涼花にはまだ早い！

「それにしても、永遠野先生に出会えただけじゃなく妹さんにまで会えるなんて、私は幸せ者デス！　ＣＧをフルコンプした時よりうれしいデス！」

　俺がぜぇぜぇと息を切らしている間も、Ｗピース先生は満面の笑みだ。

「……はぁ、俺達はですね、今日は取材の一環《いっかん》としてエロゲ売り場に来てたんですよ。二巻の原稿《げんこう》を書くための参考に。妹は……、その、ついでに街を案内してたというか……」

「そうだったんデスか。こんな純粋《じゅんすい》そうな妹さんをエロゲ売り場に連れてくるなんて、先生は鬼畜《きちく》デスね！　さすがデス！」

「いや違いますよ⁉」

とは言うものの、状況から見ると間違ってないので否定しきれないのが辛《つら》い。

……まさか妹の取材の一環とは言えないしな。

「んん？　でもエロゲ売り場の取材って、いまいちピンとこないデスね？」

「……いや、今ちょっと二巻の執筆《しっぴつ》で困ってまして。なにかの参考になるかと思って一応こういうところにも足を運んでみたりしたんですよ」

「え、そうなんデスか？　二巻が出ないなんて困りマス。私も楽しみにしてるのに……」

と、そこでWピース先生は「あっ」と何かを閃《ひらめ》いたような顔をして、

「エロゲ売り場で取材ってことは、エロ要素が必要なんデスよね？　そういうことなら私が協力しマスよ！」

「へ？　きょ、協力ってどういうことです？」

「ふっふっふ、私はエロゲの原画家デスよ？　エロゲンガーってやつデス！　エロに関してはエキスパートデスから、きっと先生のお役に勃《た》てマスよ！」

「今なんか発音が明らかにおかしくなかったですか!?」

「そんなのはどうでもいいことデス！　近くにうちの会社がありマスから、そこなら落ち着いてお話もできマス。さあ、そうと決まれば早く行きマショう！」

「って、ちょっと、Wピース先生!?」

先生は言うが早いか、俺の腕に抱《だ》き付いて引っ張って行こうとする。

押し付けられる豊満な感触《かんしょく》に意識を持って行かれそうになったが、空いてる方の手を涼花が摑んで、俺を引き戻《もど》した。

「ちょっとお兄ちゃん！　どこに行くんですか！　まだ私の取材……、じゃなくて案内が終わってないじゃないですか！」

「ん？　アキバ巡《めぐ》りなら一人でもできるのでは？　これから行くのはエロゲメーカーなので、未成年の妹さんは来ちゃラメぇデスよ」

「いや、そういう話なら俺だって未成年なんですけど……？」

「その点は心配いりマセん。私も未成年デスから」

「意味がわかんないですよ!?　ってか未成年なのにエロゲの仕事してていいの!?」

「未成年がエロゲを作っちゃいけないなんて法律はありマセん！」

グッと力強く親指を立てるWピース先生。……いやいやいや、そういう問題じゃない！

「と、とにかく私のお兄ちゃんを勝手に連れて行かないでください！」

「でも、先生はお仕事のために行くんデス。邪魔《じゃま》してはいけマセんよ？　あ、もしかしてお兄さんと離れるのが寂《さび》しいんデスか？　リアルツンデレさんデス！」

「な、何を言ってるんですか！　寂しいとかお兄ちゃんを取られたくないとかそういうことじゃありません！　お兄ちゃんは私がいないとお仕事もできないダメ人間なんですから、離れるわけにはいかないんです！」

確かに涼花が取材しないと仕事にならないってのは事実だけど、ちょっとボロクソに言い過ぎじゃないですかね!?　さすがに凹《へこ》むぞ、俺も！

「そうなんデスか？　じゃあ、妹さんも一緒《いっしょ》に来マスか？　エロゲメーカーデスけど」

「……っ！　ええ、もちろん私もお邪魔しますよ……っ！」

さっきまでこのエロゲ売り場でも及《およ》び腰《ごし》だったのに、なぜか涼花はそう言い切った。

俺の手を握る力がどんどん強くなってきて痛い。ってか、両腕《りょううで》を引っ張られる形になってるので、腕の付け根も痛い。

「OKデス！　では、みんなでそろって行くとしマショう！」

「……そうですね。ほら、お兄ちゃんもキビキビ歩いてください」

「え、ええ!?　この姿勢のまま!?　いや、ちょっと、痛いって！」

俺は前後に引っ張られながらエロゲ売り場を後にした。客や店員さん達がこちらを見ていたが、俺が助けを求める視線を送ると、サッとそっぽを向いた。……悲しい。

「さ、どうぞ入ってくだサイ。今日は珍《めずら》しく、会社の人達はみんなお休みデスから、遠慮《えんりょ》しないで大丈夫《だいじょうぶ》デスよ」

連れてこられたのは、アキバの中心から歩いて十分くらいの雑居ビルだった。その三階がWピース先生の所属するエロゲメーカー『ムーン・ラビット』の職場らしい。

室内は意外なことに綺麗《きれい》に片付いていて、一見すると普通《ふつう》のオフィスのようだったが、よく見るとエロゲのポスターなどがちゃんと貼《は》られている。

「お兄ちゃん、あのポスターですが、さっきの売り場で見たパッケージと同じものです」

「本当だ。……って、あれ、触手《しょくしゅ》系の鬼畜エロゲじゃないか……！」

「そうデスよ？　うちは鬼畜系エロゲメーカーなんデス。主に私の嗜好《しこう》デスけど」

爽やかな笑みを浮《う》かべながらアレなことを言うWピース先生。

俺達はなんともコメントできず「こっちデス」と導かれるまま奥の一室へと入った。

「普段《ふだん》は打ち合わせスペースとして使ってる場所デス。ここならゆっくりお話できマスね。あ、お茶を持ってきマスから待っててくだサイ」

そう言って、Wピース先生は部屋を出て行く。その隙《すき》に、俺は涼花に話しかけた。

「……なあ、なんでお前、ついて来たんだ……？」

「……一応は私の作品に関係することなんですから、当たり前じゃないですか。それに、あんな美人で胸の大きい人とお兄ちゃんを二人きりになんてさせられません」

「いや、だから、美人とか胸が大きいとかは関係ないと思うんだけど……」

ひょっとして涼花は、俺のことを色魔《しきま》か何かだとでも思ってるのだろうか……。

「……まったく、どうして次から次へとああいう人が現れるんですか……。氷室さんも胸が大きかったですし、篠崎さんも大きいそうじゃないですか……」

「待て。なんでお前、篠崎さんの胸の大きさなんて知ってんだ？」

「メールで訊《たず》ねたら教えてくれました」

平然と答える涼花に、俺は血の気が引く。

「な、なな……っ、なんつーことをしてくれてんだよ！　お前、俺が代理人してるってこと忘れてんじゃないだろうな!?」

表向きは俺が永遠野誓なんだから、それを考えるとすさまじいセクハラメールだった。

ってか、なんであの人もそんな質問に普通に答えてんだよ……っ！

「そんなことはどうでもいいです。……どうして、あんなに胸の大きい人ばかり……」

涼花は俺の話も聞かず、なぜかしきりに両手を自分の胸の前で上下させていた。

スカッスカッという風切り音がどことなく虚《むな》しく響《ひび》く。

……もしかしてこいつ、胸が小さいことを気にしてたりするのか……？

「戻りマシた！　すいまセン、お茶を切らしてマシて……。コーヒーしかなかったデスけどかまわないデスか？」

そんなことを考えていると、Wピース先生が部屋に戻ってきた。

「あ、すいません、おかまいなく。……えっと、それよりもですね、ここで何をするんですか？　その、取材の協力をしてくれるって話でしたけど……」

「はい。先生は私の恩人デスから、恩返しをしようと思いマシて！」

……恩人？　全然心当たりのない単語が突然《とつぜん》出てきて、俺は首を傾《かし》げる。

「……お兄ちゃん？　Wピースさんとは初対面じゃなかったんですか？　なんなんですか恩人って。またお兄ちゃんは私の知らないところで変なことをしたんですか」

「人聞きの悪いことを言うな！　俺だって何のことかわからんわ！」

「ああ、恩人というのはデスね、先生の作品と出会ったおかげで、私が新しい分野に目覚めることができたってことなのデス」

新しい分野……？　と俺と涼花の声がハモる。

「ハイ！　私はもともとエロ分野が大好きなんデスが、特に鬼畜系のエロを心から愛してるんデス！　力に屈服《くっぷく》してアヘ顔を晒《さら》す女の子とか、最高に可愛いと思わないデスか⁉」

「いや、そこで同意を求められても⁉　……って涼花、俺をそんな目で見るな！」

「でもデスね、そんな私の前に先生の作品が現れたんデス。まさに運命的な出会いデシたよ！　直接的な描写《びょうしゃ》はないのに、どうして先生の作品はあんなにエロいんデスか⁉　私はもうすっかりハマッて……、いえ、ハメられてしまいマシた！」

「えーと……」

俺は隣《となり》にいる涼花に戸惑《とまど》いの視線を送る。

すると涼花は、真っ赤な顔でこっちを見るなという風に首を振《ふ》った。

「あの、俺の作品がエロいっていうのはどういう意味です？」

「そのままの意味デスよ？　行間に込められたエロへの欲求と言いマスか、隠《かく》しても隠し切れない淫靡《いんび》な香《かお》りと言いマスか、そういうのを私はハッキリと感じ取ったんデス！」

「…………って言ってるけど？」

「……そ、そんなものを込めた覚えはありません……っ！　というか、私に話を振らないでください……っ！」

半ばトリップ状態のＷピース先生を尻目《しりめ》に、俺達は小声で言葉を交わす。

「おかげで私は純愛モノに目覚めてしまったんデス！　うちのメーカーの次回作も急きょ路線変更《へんこう》になったくらいなんデスよ。それもこれも先生のおかげデスね！」

「いや、俺の作品は十八禁要素のない健全なもののはずなんですけど……」

「ふっふっふ……、先生も人が悪いデスね。大丈夫デス、私のようなエロの探求者にはちゃんとわかってマスから！　で、二巻では本番シーンはあるんデスか？」

「人の話聞いてます⁉」

……作品の受け止め方なんてのは千差万別《ばんべつ》だってわかっちゃいるけど、さすがにここまで斜《なな》め上の解釈《かいしゃく》は想定外過ぎるぞ⁉

「とにかく、そういうわけで私は先生に大きなフラグを立てられてるんデス。先生が次回作のことで悩《なや》んでいるのなら、私が協力するのは当然なんデス」

動機はアレだけど、Wピース先生の笑顔《えがお》からは親切心がストレートに伝わってきた。

「で、エロゲ売り場で取材ということは、エロ要素のことで悩んでいるんデスよね？　そういうことなら是非《ぜひ》私に相談してくだサイ」

「あ、いえ、別に特にエロ要素のことで悩んでるわけじゃないんです。ただ、二巻を一巻よりも面白《おもしろ》いものにするためにいろいろ取材してたと言いますか……」

「より面白くデスか？　今でも十分だと思いマスけど、先生は何が不満なんデス？」

その疑問はもっともだと思う。ってか、俺自身も同じ考えだ。

ちらりと涼花の顔を見ると、不機嫌《ふきげん》なのか、俺とは目を合わそうともしない。

……うーん、どうしよう。とりあえず正直に言ってみるしかないか。

「いえ、それが俺にもわからないから困ってるんです。ただ、なんとなく不十分な点があるような気がして、それを埋《う》めたいというか……」

「ほほう、なるほどデスね……。そういうことなら、私にも心当たりがありマスよ」

Wピース先生の言葉に、俺は「え？」と訊《き》き返した。

「先生の作品はエロくてとても素晴《すば》らしかったデスが、そう言われてみれば不満点がないわけでもなかったデス」

「な、何ですか？　是非教えてください！」

俺は有益な意見が聞けそうな気配に、思わず前のめりになる。

「それはデスね……、直接的なエロ描写デス！」

が、続いて出た言葉に、俺はピキリと固まった。

Wピース先生はそんな俺を尻目に立ち上がると、部屋の隅《すみ》に置かれていた段ボールから一冊の小冊子みたいなものを取り出して、俺の前に差し出した。

「どうぞ、ご覧くだサイ」

「いや、あの……」

「それこそ、私の不満点の結晶《けっしょう》なのデス。見てもらえればわかりマス」

有無《うむ》を言わせない雰囲気《ふんいき》に、俺は嫌《いや》な予感がしつつも小冊子を開いた。その瞬間《しゅんかん》――

「ぶふううううぅっ!?」

「………なっ⁉」

俺は盛大に吹《ふ》き出し、いつの間にか横から覗《のぞ》き込んでいた涼花も顔を真っ赤にして言葉を失った。

そこには、見覚えのある美少女が半裸《はんら》の状態で床《ゆか》に投げ出されているイラストが描《か》かれていた。腕はなぜか拘束《こうそく》されていて、潤《うる》んだ瞳《ひとみ》が不安そうにこちらを見つめている。

Wピース先生の実力がいかんなく発揮されているのか、クオリティがものすごかった。

「な、ななな何ですかこれは……っ！」

「先生の作品でエロ同人誌を作ってみマシた！」

「え、エロ同人誌っ⁉　ってかこのキャラって……っ！」

「はい。先生の作品のヒロイン、妹の祐花《ゆうか》ちゃんデス！」

「そんな悪びれた風もなく言わないでくださいよ！　なんなんですかこれは！」

「これこそ私の不満点が形になったものデス！　先生の作品はもうエロくてエロくてたまらないのに、直接的なエロ表現が全然ありマセん！　そんなの、エロを生業《なりわい》とする私に耐《た》えられるはずないじゃないデスか！」

だから自前で描いたのデス！　と、拳《こぶし》をグッと握《にぎ》りしめ力説するWピース先生。

「で、どうデスか？　先生もこれを見て、足りないと感じていたのはエロ要素だったとわかったんじゃないデスか？　ほらほら」

そんなことを言いながら、Wピース先生はページをめくる。

次のページには、拘束されたままベッドに縛《しば》り付けられている妹のイラストがあり、その傍《そば》には嗜虐的《しぎゃくてき》な笑みを浮かべる男が描かれていて――

「ってこれ、兄キャラじゃないですか！」

「もちろんそうデスよ？　だってこれは純愛モノなんデスから、祐花ちゃんの相手は兄の涼《りょう》くんに決まってマス」

「この場面、どう見ても純愛モノじゃないんですけど⁉」

「無邪気《むじゃき》で可愛《かわい》い妹の中に『女』を見出《みいだ》した兄は、ある日自分の欲望が抑《おさ》えられなくなってしまう……。怯《おび》える妹に罪悪感を抱《いだ》きつつも、逆にその背徳感が興奮を煽《あお》り、禁断の果実を貪《むさぼ》るかのように妹の未発達な身体《からだ》を――」

「こういう時だけ日本語ネイティブに⁉」

「もう、さっきからなんデスか先生は。もしかして先生は純愛モノが嫌《きら》いなんデス？」

「少なくとも、これって絶対純愛じゃないですよね⁉」

「えー？　だって触手《しょくしゅ》も出てこないデスし、不特定多数のモブ男に凌辱《りょうじょく》されるわけでもないんデスよ？　立派に純愛モノじゃないデスか」

「Wピース先生の純愛って概念《がいねん》にはとてつもない欠陥《けっかん》があると思うんですけど！」

そんなことを言い合いつつもページはどんどん進んでいき、兄妹《きょうだい》のエロすぎる場面をこれでもかと見せつけられる俺達。

「…………あぅ、…………はぅぅ……」

見ると、涼花は頭のてっぺんから湯気を出しながら顔を真っ赤にしていた。

そんな中、ついにページが本番行為《こうい》の箇所《かしょ》に至ると——

「にゃ————————っ!?」

涼花がいきなり謎《なぞ》の悲鳴をあげながら、俺の目の前から小冊子をひったくった。

「だだだダメです！　み、見にゃいでください！　わ、私とお兄ちゃんが、こ、こんな、こんな卑猥《ひわい》なことをしてるにゃんて!!」

「お、落ち着け涼花！　それはあくまでも作中のキャラであってだな！」

「そ、その二人がしてたら同じことです!!」

いや、全然違《ちが》うだろ！　……とツッコみたいところだったが、取り乱している涼花はイヤイヤと首を振るばかりで話を聞いてくれそうになかった。

「ふむ……、妹さんにも喜んでもらえたようでなによりデスね！」

「どういう目をしてるんですかあんたは！　ってか俺は喜んでるみたいな認識《にんしき》!?」

「え？　でも先生がイラストを見てる時、ものすごく真剣《しんけん》な顔デシたよ？」

そう言われて、俺は「……ぐっ」と詰《つ》まる。Wピース先生の指摘《してき》が図星だったからだ。

……いや、仕方ないだろ⁉　だってあの妹キャラだぞ⁉　めっちゃ可愛いと思って読みまくったキャラのエロ絵なんだぞ⁉

そんなの誰《だれ》だって見たいに決まってるじゃないか！　そういう欲望は自然なものなんだよ！　じゃなきゃ世の中、こんなにたくさんの薄《うす》い本なんて存在してねえよ！

そ、それにだ！　Wピース先生は公式イラストレーターなんだぞ⁉　そんな人がエロ絵を描いたら、それはやっぱり公式と同じ意味合いを持つわけで！　そこらの二次創作系のエロとはまったくクオリティの違うリアリティが――

「お、お兄ちゃん……？」

と、俺が心の中で言い訳を重ねていると、涼花が底冷えするような視線で俺を見た。

……や、ヤバイ。答え方を間違えると、俺の立場がさらにひどくなる場面だ。

俺の洗濯物《せんたくもの》だけ別にされたり、俺の食器だけ雑巾《ぞうきん》で拭《ふ》かれるような生活を想像すると死にたくなる。それだけは、なんとしても回避《かいひ》しないと！

「と、ところで、なんでこんなものが存在してるんですか！」

なので、俺は全力で話題を変えることにした。

「え？　だから、さっきも言った通り不満を解消しようとしたら自然にデスよ」

「そ、そうじゃなくてですね……。これ、よく見たらちゃんと製本もされてるし、中のイラストはフルカラーでめちゃくちゃ気合入ってるし……」

「ああ、それはデスね、次のコミケで販売《はんばい》しようかと思いマシて」

「そ、それってつまり同人誌!?　あんた公式絵師のくせになにやってんですか！」

「大丈夫《だいじょうぶ》デス！　前例はありマス！」

「見習っちゃダメな前例だっ！」

「ですが、篠崎さんに報告したら『それは困る』と言われて断念しマシた」

「あ、そうなんですか。よかった、あの人にも一応そういう常識はあったんだ……」

「でも『興味があるから送ってくれ』と言われたのでそうしたら、大絶賛デシたよ？」

「前言撤回《てっかい》!!」

「表に出るのはマズイけど、内々で楽しむ分にはどんどんやれとのことデシた」

「担当編集って替《か》えてもらうことできるのかなぁっ!!」

俺はもうなんだか泣きそうな気分だった。涼花は相変わらず俺を睨《にら》みながら「お兄ちゃんは変態です……」と真っ赤な顔で呟《つぶや》いてるし。……どうしろってんだよ！

「それはそうと、これで先生の悩みは解決しマシたね！　先生が不満に思っていたのは、欲望のままにエロを書けなかったことなのデスよ！　というわけで、二巻は是非十八禁シーン満載《まんさい》でお願いしマス！」

「いや違いますから！　そんな欲望とかないですから！」

「そしてゆくゆくは、うちで一緒《いっしょ》にエロゲを作りマショうね。エヘヘ……」

「なんでそんなにうれしそうなんですか！」

「んん？　先生は意外にシャイなんデスね。せっかく先生の声にならない声を汲《く》み取ってあげたんデスから、もう認めちゃっていいんデスよ？」

「存在しないものを勝手に汲み取らないでもらえますかねぇ!!」

「むむ、ここまで先生が強情《ごうじょう》だとは思いませんデシた。……仕方ありマセん」

Wピース先生はそう言うと、今度はテーブルの端《はし》にあったノートPCを引き寄せ、なにやら操作したあと俺の前に置いた。

「……今度はなんですか。真っ暗な画面にスタートとだけ表示されてますけど……」

「タイトル画面はまだ作ってマセんけど、これはれっきとしたエロゲデス！　ちなみに内容は、やっぱり先生の作品の二次エロデス！」

「だから、どうしてそんなものが存在してるんですか!?」

同人誌だけでなくエロゲまで登場したことに、俺は驚愕《きょうがく》する。

「それだけ私は先生の作品に衝撃《しょうげき》を受けたということデス。同人誌を描いただけではまるで不満が解消されなかったので、エロゲまで作ってしまいマシた！」

「エロゲってそういう勢いだけで作れるもんなんですか!?」

「あ、もちろんそんな簡単なものじゃないデスよ？　それはあくまでパイロット版。とりあえず描きたいシーンだけ描いて、仕事の合間を縫《ぬ》って形にしたものデス。総プレイ時間が五分程度の簡単なものデスね」

「あ、ああ、なるほど……。その程度の……」

「でも先生、心配はしないでくだサイ。五分といえども手は抜《ぬ》いてマセんよ？　ＣＧはちゃんと商業レベルで仕上げてありマスし、テキストもうちのシナリオ担当に書いてもらいマシたし、ＢＧＭもこれ専用に一曲仕上げてもらいマシたから！」

「めちゃくちゃ手が込んでる!?」

「シナリオ担当からは『こんなことしてないで次回作のグラ早く仕上げてよぉ！』って泣かれマシたけど、なに、些細《ささい》な事デス……」

「全然仕事の合間を縫えてないですよねぇ!?」

「さあさあ、そんなことよりも早速《さっそく》プレイしてくだサイ。そうすればきっと、先生も自分が本当はエロを求めていたんだと気づくはずデスから！」

そう言って俺にマウスを持たせるWピース先生。端整《たんせい》なのに可愛さの溢《あふ》れる顔が間近に迫《せま》り、俺は焦《あせ》る。腕《うで》に押し付けられた豊満な感触《かんしょく》もまた凶悪《きょうあく》だった。

……ああもう、こうなったらとりあえずプレイするしかない。なんかWピース先生って無邪気で無防備だからか、ものすごく断りづらいんだよな……。

それにまあ……、正直なところ興味もあった。

プロの集団によって作られた二次創作エロゲだ。しかもヒロインがあの妹キャラときてるんだぞ？　こんなの、興味がわかないわけないよな!?

「し、仕方ないですね……」

俺がそう言いつつ、スタートしようとした時だった。

「そうはいきません！」

いきなり涼花が手を伸《の》ばして俺の手からマウスをひったくると、ノートＰＣも自分の方へと向けてしまった。

「こ、これ以上お兄ちゃんにあんな恥《は》ずかしい絵を見られるわけにはいきません！　あんな、私とお兄ちゃんがあんな……っ！」

「いや、だからあれは作中の兄妹であって――」

「とにかくダメです！　お兄ちゃんは見ちゃダメなんです！」

駄々《だだ》っ子のようなことを言う涼花にWピース先生が、

「邪魔《じゃま》しちゃラメぇデスよ妹さん。これは二巻を書くための取材なんデスから」

「いくら取材でもダメです！　お兄ちゃんは絶対絶対ダメなんです！」

普段《ふだん》の冷静さも論理性もまるでない様子で言う涼花。

ううむ……、さすがにここまで必死になられたら諦《あきら》めるしかないか……。

涼花の嫌《いや》がることなんてできないし、冷静に考えてみれば妹の横でその二次創作エロゲをやるってのもどうかと思うしな……。残念だけど。

だがその時、涼花が信じられないことを口走る。

「だ、だから私がやります！」

「…………は？」

俺は一瞬《いっしゅん》涼花が何を言ったのかわからず呆然《ぼうぜん》とする。それはWピース先生も同じだったらしく、キョトンとした顔で涼花を見つめていた。

「え？　どういうことデス？　どうして妹さんが？」

「お、お兄ちゃんは興味津々《きょうみしんしん》みたいですから、取材のためにはやらないといけません！　ですが直接はダメですから、私が代わりにやるんです！　これは妹の務めです！」

「い、いや、なに言ってんだお前!?」

様子のおかしい涼花に、俺は慌《あわ》てて詰め寄って耳打ちする。

（……ちょっ、どういうことだよ……っ！　なんでこんな……っ！）

（……し、仕方ないじゃないですか……！　これも取材のためなんですから……っ！　私だって本当はこんなことしたくないですけど、お兄ちゃんが変態のせいで……っ！）

（……どういう意味だよ……!?　それになんでこれが取材に――）

「二人でなにをヒソヒソやってるんデス？」

Ｗピース先生の声に、俺は弾《はじ》かれたように涼花から離《はな》れる。

「い、いや別にこれは――」

「と、とにかくお兄ちゃんは離れててください！」

涼花は俺を突《つ》き放し、そのまま泣きそうな顔でノートＰＣに向かう。

「ふむ？　よくわかりマセんが……。妹さんは見たところエロとかが苦手なのかなと思ってマシたけど、先生のためとなると意外とパワフルなのデスね！」

「意外って意味じゃ俺も同感なんですけどね……」

「それにしても自分の代わりに妹さんにエロゲをやらせるとか、やっぱり先生は一流の鬼《き》畜《ちく》デスね！　ますます尊敬しマス！」

「違《ちが》いますって！　なんですか一流の鬼畜って！」

俺がいわれのないレッテルを貼《は》られている間にも、涼花はエロゲを進めていた。

「う……、うぅ………」

と、間もなく涼花の顔が真っ赤に染まる。表情も、今にも泣きだしそうだ。

それだけで、あの画面に今どんなものが表示されているか大体想像できてしまう……。

「……あのエロゲの内容って、やっぱりさっきの同人誌みたいな感じですか……？」

「はいそうデスよ？　ストレートな純愛モノデス」

「だからあれは純愛とは言えないんですって！」

「大丈夫デス！　エロが苦手な女の子でも安心してプレイできる内容デスから！　対象年《ねん》齢《れい》は小学校低学年の女子まで視野に入れてマス！」

「エロゲにあるまじき視野の広さですね！」

そうこうしている間にも、涼花の「あうぅ……」という涙声《なみだごえ》が聞こえてくる。

……妹にエロゲをプレイさせて端《はた》から眺《なが》めてる兄貴とか、どこからどう見ても言い訳できないレベルの変態だった。

「……でもこれでいいんデスかね？　やっぱりこういうのは作者である先生本人がやるべきではないデスか？」

うん、まあ……、そう言われると反論できない。

実際の作者は涼花だから（あれが取材になってるかどうかはさて置き）構図としてはこれで正しいんだが。……ただそれを説明するわけにもいかないんだよなぁ……。

「あ、そうだ。じゃあこうしマショう。妹さん妹さん」

と、そこでWピース先生が涼花に話しかける。

「…………ふぇ……？　にゃ、にゃんにゃんでしゅか……？」

……す、涼花のやつ、なんかすっかりふにゃふにゃになってるけど大丈夫か……？

「先生に直接見せたくないのはわかりマスけど、それじゃ取材にならないデスよね？　だから妹さん、画面で起きてることを実況《じっきょう》して先生に教えてあげてくだサイ！」

「へ!?　じ、実況!?　な、なに言ってんです!?」

Wピース先生のわけのわからない提案に焦る俺。一方で涼花は頭がまともに働いていないのか、熱に浮《う》かされたような声で「……じっきょぉ……？」と繰《く》り返した。

「そうデス！　そうすれば先生もそのエロゲの内容がわかりマスから！」

「いや、いいです！　これ以上涼花の負担を増やすようなことはですね――」

「……だいじょうぶです……。おにいちゃんのためなら……、わたし……、なんでもできるから……。じっきょぉ……するです……」

……だ、ダメだ。涼花のやつ、完全に頭が茹《ゆ》だってるみたいだ……。普段じゃ絶対にあ

り得ないことを口走ってる……っ。

ちょっと前までパンチラも知らなかった箱入り娘《むすめ》に、いきなりエロゲなんてプレイさせたらこうなるのか……。しかも登場してるのが自分の生み出したキャラってのが……。

「え……と……。妹とお兄ちゃんが向かい合ってます……。妹は腕をロープで縛《しば》られて吊《つ》り下げられてて……。あ、あと目隠《めかく》しもされて……」

「どこが純愛モノですか――――――――っ!!」

「女として日々成長していく妹……。そんな妹を手に入れたいと思った兄は、その自由を奪《うば》い依存《いぞん》させせようとする……。暗闇《くらやみ》の中、聞こえてくるのは兄の声だけ。妹はやがて正常な思考もできなくなり、兄に服従するようになる……、という王道純愛物語デス！」

「王道どころか邪道《じゃどう》や外道の領域にさえ到達《とうたつ》しとらんわ!!」

俺がツッコんでいる間にも、涼花は実況を続ける。

「……あ、お兄ちゃんが妹の顎《あご》を上にあげて……、戸惑《とまど》う妹に話しかけます……。『キスしてほしいのか？　だったら自分から舌を突き出すんだ。このメスい――』」

「わあああああああああああああああぁぁぁぁぁぁっ!?」

とんでもない内容に俺は大声を出して遮《さえぎ》る。

ダメだ。それだけはダメだ！　涼花にそんな言葉を口に出させるわけにはいかない！

「もう先生、いきなり大声出さないでくだサイ。びっくりするデスよ？」

「こんな状況《じょうきょう》で平然とした反応をしないでください！　ってか涼花！　もういいから！　実況とかもうしなくていいから！」

「……だいじょうぶ。……おにいちゃんのために、がんばれますから……」

こんなことでがんばられても俺の罪悪感が増していくだけなんですけど⁉

しかし、俺の懇願《こんがん》も虚《むな》しく、その後も涼花はほとんどトリップ状態のままエロゲの実況を続ける。止めようとしても止まらないので、俺は仕方なく涼花がキワドイ単語を言うたび絶叫《ぜっきょう》し、セルフ自主規制をするしかないのだった。

▼

「……ひどい目に遭《あ》いました……」

「ああ、まったくだな……」

俺達は互《たが》いに疲《つか》れ切った様子で、秋葉原の街を歩いていた。

あの後なんとかエロゲをプレイし終え、やっとWピース先生から解放されたのだ。

そもそもなんであんな展開になったんだろう……？　思い返してみても全く理解できないのだが、今はそれを考える気力さえなかった。

……涼花はしばらくバグったままだったし、Wピース先生は「結局先生にエロの重要さを理解してもらえませんデシた！　悔《くや》しいデス！　必ずリベンジしマス！」とか言って俺の連絡先《れんらくさき》を訊《き》き出してくるし……。

悪い夢だったと思いたいけど、両腕《りょううで》に感じる重さがそうさせてくれない。

俺は現在両手に、ムーン・ラビット公式の紙袋《かみぶくろ》をぶら下げていた。

中には今までに発売したエロゲ作品が全《すべ》て入っているらしい。お土産《みやげ》ということで強引《ごういん》にWピース先生から手渡《てわた》されたものだ。

アキバに来る時は必ずうちに立ち寄ってくだサイ！　とも念を押されたし、先生からは随分《ずいぶん》気に入られてしまったようだ。

……うん、悪い人じゃないんだよな。悪い人じゃ……。

「お兄ちゃん、念のために言っておきますが、さ、さっきのことは忘れてください」

涼花が赤い顔で俺を睨《にら》む。そりゃ、涼花にとっちゃエロゲの実況なんて黒歴史もいいところだから、その反応は当然なんだろうけどさ。

「……にしても、なんだってお前、あんな真似《まね》したんだよ」

「し、仕方ないじゃないですか……っ。もとはと言えばお兄ちゃんがあんな卑猥《ひわい》なものに興味を示すから悪いんです……っ！　これも取材のためです……っ！」

「いや、だからなんでそれが取材になるんだ……」

と、俺は取材という言葉で思い出す。

「そういや今日アキバに来たのって、二巻の取材のためだったんだよな。……でもあれでちゃんと取材になったのか……？　前半はともかく後半とか」

「……ええ。非常に不本意ですが、取材としては成功しました。お兄ちゃんがどうしようもない変態だということもわかりましたし……」

「なんかお前が取材に成功するたび、俺の株が暴落してる気がするんだが⁉」

不機嫌《ふきげん》顔でメモ帳を眺めている涼花の横顔を見ながら、俺はげんなりする。

そうこうしているうちに、俺達は秋葉原駅の改札を通りホームへと出た。

……それにしても、涼花は今回アキバ遠征《えんせい》でちゃんと得るものがあったらしい。（それが何なのかは俺には全くわからないのだが）

一方で俺はというと、終始振《ふ》り回されてただけで収穫《しゅうかく》はゼロ。

まあWピース先生が描《か》いた祐花のエロ画像が見られたのは収穫と言えなくもないが……。

……ってなに考えてんだよ俺は！　違うだろ！　次回作の参考になるような面白《おもしろ》さの秘密を摑《つか》むのが目的だろ！

俺が自分のバカな思考に悶《もだ》えていると、不意にスマホが鳴りだした。

「……む、返したばかりでまた氷室さんからですか」

「いや、もう取材は終わったんだからそこまで目の敵《かたき》にしなくてもいいだろ……」

ってか、電話じゃなくメールだった。

差出人は……Wピース先生？　さっきアドレスを教えたばかりなのに、なんなんだ？

俺は嫌《いや》な予感がしつつもメールを開いた。そして、次の瞬間《しゅんかん》——

「————っ‼」

思わず吹《ふ》き出しそうになったのをなんとか堪《こら》える。

そこには、先ほどの続きとばかりに気合の入ったエロ画像（やっぱり鬼畜風味）が添付《てんぷ》されていた。そして文面には「先生が自分の欲望に目覚めるまで何度でも送り続けマスから覚悟《かくご》してくだサイ！　私は諦《あきら》めないデスから！」と書かれている。

「あ、あの人は……っ！」

改めて戦慄《せんりつ》する。俺はとんでもない人と知り合いになってしまったのだと。

「……？　どうしました？　誰《だれ》からだったんです？」

「な、なんでもない！　ただの迷惑《めいわく》メールだ！」

慌ててメールを閉じる俺。こんなメールの存在を涼花に知られた日には、俺の家での居場所は完全になくなってしまう。

「さ、さあ、早く帰ってお互い執筆《しっぴつ》活動に移らないとな」

「あ、ちょっとお兄ちゃん？」

俺はそう言いながら、ちょうどやって来た電車へと乗り込んだ。

添付されていた画像をひそかに保存しておいたことは、誰にも言えない秘密だった。

CHARACTER 5

アヘ顔Wピース先生

Ahegao W peace sensei

年齢：？歳（未成年）↵
身長：169cm↵
スリーサイズ：92/60/88↵
趣味：エロ妄想（二次専）↵
好きなもの：エロネタ（二次専）↵
嫌いなもの：エロ要素の足りないエロゲ↵

鬼畜・凌辱系エロゲメーカー「ムーン・ラビット」所属のイラストレーター。イギリス出身。エロ（二次）が大好きで、口から出るのは基本エロネタ。ペンネームはアレだが、本人の表情はいつも無邪気な笑顔。

第四章　それでも俺は、お前の兄貴だ

「……もう、朝か」

いつの間にかすっかり明るくなった窓の外を眺《なが》めながら、俺はどんよりと呟《つぶや》く。

とある休日の朝、俺は連日の徹夜《てつや》から朦朧《もうろう》とした頭で、絶望感に浸《ひた》っていた。

その原因は、目の前のノートＰＣに表示された画面——何も書かれていない白紙のドキュメントを見てもらえれば一目瞭然《いちもくりょうぜん》だと思う。

「流星《りゅうせい》文庫大賞の締《し》め切りまでついに十日を切ったか……」

なのに進捗《しんちょく》率は見事なまでの０％。

……いや、わかってるんだ。とりあえず何かを書いて送らないとどうしようもないってことくらい。今までだって、何があっても締め切りにだけは間に合わせてきたしな。

でも、今回ばかりはそうもいかなかった。

何を書き始めても、しばらくすると涼花《すずか》の作品のことが頭に浮かんでくる。

すると徐々《じょじょ》にキーボードを叩《たた》く手が鈍《にぶ》り始め、気が付けば作品は没《ぼつ》フォルダ行き。

結局、涼花の作品のような面白さを出せないとダメだという思いが、俺をこんな苦境に閉じ込めているというわけで。

「……で、面白さの秘密ってマジでなんなんだろうな……」

何度繰《く》り返したかわからない問いかけ。もちろん、答えなど返ってくるはずもなく――

「なんの秘密ですか？」

「うわあああああああああああああぁぁっ!?」

と、いきなり背後から声がして、俺は椅子《いす》から転げ落ちそうになる。

「す、すすす涼花!?　お前、なんで……っ！」

背もたれにしがみつきながらなんとか振り向くと、涼花がジト目でこちらを見ていた。

「朝ごはんができたので起こしに来たんです。……なんですかその過剰《かじょう》な反応は」

「い、いや、なんでもない！　ってか部屋に入ってくるならノックくらいはしてくれ！」

「しました。何度も声もかけました。返事がなかったから仕方がありません」

……そ、そうなのか？　全然気がつかなかった……。

「で、起きているのはいいんですけど、こんな休日の朝から何をしていたんですか？　というか、さっき言ってた秘密というのは――」

「そ、それはだな！　美少女という存在はどうしてこう男を狂《くる》わせるのかという根源的な世界の秘密について深く考察していたというか！」

「……朝っぱらからそんな変態的なことに思考を働かせていたわけですか……」

涼花の視線が汚物《おぶつ》を見るようなものに変わるが、気にしている余裕《よゆう》はない。

俺が涼花の作品みたいな面白いラノベを書きたいと四苦八苦してるってことだけは、絶対に知られるわけにはいかないからな……っ。

「と、とにかくそういうわけだから気にするな！　それよりも朝飯だったな!?　すぐに降りるから下で待っててくれ！」

「はあ」

とりあえず一度落ち着くため、俺は涼花にお引き取り願おうと思った。

が、なぜか涼花は生返事をしただけで、部屋から出て行く気配はない。

「……えっと、涼花さん？　まだ何かあるんですか……？」

「いえ……、お兄ちゃんが起きてたら、少し相談したかったことがあって……」

涼花は珍《めずら》しく歯切れの悪い様子だった。それに表情もどことなく沈《しず》んで見える。

……にしても、こいつが俺に相談と言ったらそれはラノベに関すること以外にないわけだが、でもラノベの相談って言ったたって今更《いまさら》なにがあるんだ……？

「お前もそろそろ締め切りだって言ってたよな？　なのにまだ相談なんてあるのか？」

「はい。締め切りまであと何日もありませんが、それでもまだ足りない部分があるような気がして……」

それで、ギリギリまで粘《ねば》ってるってわけか？　ほんと、どんだけ向上心の塊《かたまり》なんだよお前は……。俺は向上どころの話じゃないってのに……。

「それで、また篠崎《しのざき》さんに相談してみたんです。そうしたら……」

「……？　そうしたら？」

涼花はなぜかそこで言いよどんだ。というか、さっきからどうも様子がおかしい。

いつもある「やる気」みたいなものが、今は全然感じられないのだ。

逆に、どことなく気が進まないといった雰囲気《ふんいき》が伝わってくる。

「……どうしたんだ？　あ、まさかあの人、また何かとんでもないことを――」

「いえ、そうじゃありません。こういうアドバイスをされたんです。――新しいヒロインを登場させたらどうか、と」

「新しいヒロイン……？」

篠崎さんにしてはまともすぎるアドバイスに、俺は思わず繰り返した。

「……はい。より多くの人に面白いと思ってもらうためには様々な属性の女の子が必要だとのことでした。だから妹以外のヒロインも出してみてはどうだろうか、と……」

確かに、それはラノベとしては常識ともいえる考え方だった。

特にラブコメなら、複数ヒロインは標準装備レベルだしな。

「……なんか、ここにきて初めてちゃんとしたアドバイスが来た気がするな……」

俺がそんなことを呟いていると、涼花はなぜか恐《おそ》る恐るといった感じで訊《たず》ねてきた。

「……お兄ちゃんも、新しいヒロインが必要だと思うんですか？」

「うん？　そりゃまあラブコメなんだから、やっぱりいた方がいいんじゃないか？」

俺はラノベの正しい方法論として、特に深く考えずにそう返した。

が、なぜかその瞬間、チクリと胸に違和感《いわかん》が走った。もっとも、寝不足《ねぶそく》でまともに働いていない脳味噌《のうみそ》では、その違和感の正体まではわからなかったが。

「……そうですか……」

と、涼花は俺の返答に、ものすごく不機嫌そうな顔で眉《まゆ》をひそめた。

……なんか、涼花の顔がめちゃくちゃ怖《こわ》いんですけど⁉

ってか、いつの間にか俺が地雷《じらい》を踏《ふ》んだみたいな雰囲気になってるのはなんで⁉

「……お兄ちゃんのバカ……っ。……でも、お兄ちゃんに喜んでもらうには……」

「あ、あの、涼花さん……？」

涼花はなにやら呟いているが、小声なのでよく聞こえない。だが、不幸なことにバカという単語だけはハッキリと耳に届いた。……きっと普段《ふだん》から聞き慣れてるからだな。

涼花はしばらく俺を睨《にら》んでいたが、やがて「はぁ……」とため息を吐《つ》くと、

「……でも、困りました。新しいヒロインと言われても、私にはなにも思いつきません。どんなキャラクターを書けばいいのか」

「そ、そうなのか……？　わかった、そういうことなら任せろ。俺は今までかなりの量のラノベを読んできたからな。キャラクター作りには自信があるぞ！」

俺は落ち込んでいる涼花に勢いでそう言った。なんかここで役に立っておかないと、ますます俺の立場が地盤沈下《じばんちんか》しそうな気配がしたからだ。

……えーっと、大体ヒロインってのはバランスだからな……。今現在足りてない萌《も》え要素はなにかって考えれば、答えは自然に出てくるというもので――

「…………」

「………………………」

と、しばらく考えた俺だったが、頭の中には何一つ案が浮《う》かんでこなかった。

「……まさか、なにも思いつかないんですか？」

あれだけ啖呵《たんか》を切っておいて？　と暗に非難され、俺は焦《あせ》る。

これで「いやー、なんも思いつかなかったわーあはは」なんて返そうものなら、せっか

く用意された俺の分の朝食が、そのまま三角コーナー行きになりかねない……っ。

俺は睡眠《すいみん》時間の不足した脳味噌に必死に鞭打《むちう》って、なにかいい案はないかと模索《もさく》する。

本当はこんなことをしてる余裕なんてないのだけれど、妹が悩《なや》んでいるのに放《ほう》っておくなんてこと、俺にできるわけがなかった。

「……っ！　そ、そうだっ！」

その時、俺はついにある考えを思いついた。

結局新ヒロインのことは思いつかなかったけど、その代わりになるような名案だ。

俺は自信満々に、涼花に向かって口を開く。

「こういう時はな、誰《だれ》かに意見を求めればいいんだよ！」

まあ、まともに働いていない頭で無理矢理ひねり出した案がどれほどロクでもないか、俺はすぐに身をもって知ることになるわけだが……。

▼

「二巻の参考意見を聞きたいから私を呼んだですって？　何よそれ！　ほとんど嫌《いや》みじゃない！　私のプライドを粉砕《ふんさい》しておきながらそんなこと言うとか！」

「先生の向上心には驚《おどろ》かされマスね。でも、また先生のお役に勃《た》つことができるかと思うと私はうれしいデス！」

「……お兄ちゃん、これはどういうことですか……？」

涼花が俺のベッドに座りながら、凍《こお》り付きそうな視線を向けてくる。

現在、俺の部屋には舞《まい》とW《ダブル》ピース先生が来ていた。さっき俺が呼び出したのだ。

俺達二人で考えていても埒《らち》が明かないなら、第三者に相談する。

そんな名案が浮かんだ俺は、深く考えずにそれを実行に移したわけなのだが——

「永見《ながみ》祐《ゆう》は……ドSの気があり……精神的に人を貶《おとし》める悪魔《あくま》のような男だ……、と」

「私はどうすればいいデスか？　先生の部屋の壁《かべ》一面にエロ絵でも描《か》けばいいデス？」

舞はまたノートに向かってあることないこと書いてるし、Wピース先生は明るい笑《え》みを浮かべながらサラリとすさまじいことを言ってるし……。

「……人選を間違《まちが》えたかもしれない」

「……そうですね。私もお兄ちゃんに相談したことを後悔《こうかい》し始めています」

ボソリと涼花が俺にだけ聞こえるように呟き、その言葉が胸に刺《さ》さる。

……い、いやいや……、前言撤回《てっかい》。人選はこれで間違っちゃいないはずだ……っ！

なにせ舞はプロラノベ作家の炎竜焔《えんりゅうほむら》だし、Wピース先生だってエロゲメーカーで数多くのエロゲを作ってきたプロだ。それぞれキャラの造形に関してはエキスパート。きっと新ヒロインの件で有益な助言をくれるはず！　だから俺の判断は正しいんだ！

……という想《おも》いを込めた視線を涼花に送ったら、思いっきり睨まれた。

これは、どうにかして取材を成功させないことには機嫌《きげん》が直りそうにないな……。

「えーと……、さっきも言った通り、二巻で新しいヒロインを登場させようと思ってるんだけど、どんなヒロインを出せばいいかピンと来なくってさ。それで色々と意見を聞かせてもらえればと思って」

「祐、あんたねぇ……、そういうのを自分で考えるのがプロでしょうが。しかもどうして私に訊《き》くわけ？　ライバルに頼《たの》むとか、あんたプライドってもんがないの？」

「……え、ライバルって？」

「く……っ！　ライバル視してるのは私だけ⁉　そ、その余裕な態度がものすごくムカつくわ……っ！　で、でも、ちょっとカッコイイじゃないのよ……っ！」

舞は顔を赤くして悔《くや》しそうに俺を見据《みす》えながら、ノートに何かを書き込んでいる。内容は、見なくても大体わかってしまうのが悲しい。

「なるほど、新ヒロインというわけデスか。それは楽しみデスね！　先生の作品に出るキャラということは、またきっとエロいに違いないデス。これは妄想《もうそう》が捗《はかど》りマス！」

「念のために言っときますけど、エロゲのヒロインを作るわけじゃないですからね⁉」

「甘いデスね先生！　ラノベのヒロインとエロゲのヒロインに差などありマセん！　みんな平等に世の男子のオカズなのデス！」

「問題発言すぎる！　純粋《じゅんすい》な気持ちでキャラが好きな人に謝ってください！」

うう……、エキスパートのはず……、はずなんだよ……。

「……まあ、大体の事情はわかったわ。でもね祐、そんなことのためにわざわざ私を呼び出したってわけ？　言っとくけど、こっちだって締《し》め切りが近くて結構ピンチなのよ？　スカマガ四巻の改稿《かいこう》をしないといけないのに」

「う……、そりゃ悪かった……。後でこの埋《う》め合わせはするから。……って、あれ？　でもお前、連絡《れんらく》したら一瞬《いっしゅん》で来てくれたよな？」

「あ、当たり前でしょ！　私が祐の誘《さそ》いを断れるとでも思ってんの⁉　あんたの取材の方が優先度高いんだから仕方ないじゃない！」

顔を赤くしてキレ気味に言う舞。ほんと、これでストーカーじゃなければなぁ……。

「私もエロゲの仕事があったんデスが、放り出してきマシた！　恩人である先生のお役に勃つことの方が大事デスからね！」

「放り出してって……、い、いいんですか……？」

「大丈夫《だいじょうぶ》デス！　エロゲの発売日延期なんてよくあることデスよ！」

すごく爽《さわ》やかに言い放ってるけど、マジでいいのか……？　いいわけないよな!?

「……ちょっと祐。さっきから気になってたんだけど、この金髪《きんぱつ》美女は一体誰よ」

「あ、そうだったな……。こちらは俺の作品でイラストレーターをやってくれてるＷピース先生だ。で、先生、こいつは俺のクラスメートでプロラノベ作家の氷室《ひむろ》舞」

お互《たが》い初対面だったことを思い出し、俺は二人を紹介《しょうかい》する。

「初めマシて！　……って先生、私のペンネームはアへ顔《がお》Ｗピースデスよ？　アへ顔ってのが重要なんデスから、ちゃんと呼んでくだサイ！」

「い、いや……、やっぱそれはキツイんで勘弁《かんべん》してください……」

「へえ、あなたがあのイラストレーターの……。私のペンネームは炎竜焔だけど、舞って呼んでいいわ。でもあなたも大変ね、こんなのにいきなり呼び出されて」

「いえいえ、私は先生の一番のパートナーデスから。先生が困ってるなら、どこにだってすぐに駆《か》けつけマスよ」

「一番のパートナーですって……？」

なぜか舞はその言葉にピクリと反応した。

「はい！　イラストレーターとして一緒《いっしょ》にラノベを作ってマスし、この前も先生の相談に乗らせてもらいマシた！」

「ちょ、ちょっとどういうことよ祐！　相談って何!?　なんで私に言わないの!?」

「いや、この前アキバに行った時に偶然《ぐうぜん》……」

……でもあれは、はたして相談に乗ってもらったと言えるんだろうか……。

「この前のアキバって、私の電話をいきなり切った時よね!?　こっちはあの後すぐにアキバに行ってあんたを延々捜《さが》し回ってたってのに！」

「え……？　捜し回ってたって……、当てもなく？」

「んなわけないでしょ！　あんたの行く場所なんてちゃんと把握《はあく》してるわよ！　ラノベ屋とかゲーセンとかメイド喫茶《きっさ》とか」

待て。なんでお前がそんなこと把握してるんだ！　俺は教えた覚えなんてないぞ!?

なんかこいつ、ストーカー能力に磨《みが》きがかかってきてないか!?

「どこにもいないと思ったら……っ！　私をほったらかしてなにしてくれてんのよ！」

ちょっと涙目《なみだめ》で詰《つ》め寄ってくる舞に、俺は壁際《かべぎわ》まで後退する。

「し、知らなかったんだから仕方ないだろ！　それに電話のことならもう謝ったじゃないか！　なんでそんなに怒《おこ》ってんだよ！」

「私はあんたのファン第一号なのよ!?　あんたに関する一番は、全部私が務めるのが当たり前でしょうが！」

「意味わかんねえよ！　ってかファン第一号ってのも自称《じしょう》じゃねえか！」

「おお、舞もリアルツンデレさんなんデスね！　先生の周りはツンデレばかりデス！」

「…………私はツンデレというものではありません」

俺が舞に責められている後ろでは、Wピース先生と涼花が謎《なぞ》の会話をしていた。

「ちょっと、言っとくけどね、私以上にこいつの作品を愛してる人間はこの世にいないわよ！　だから一番のパートナーなんて軽々しく言わないことね！」

「すごい自信デス！　でも私も先生の作品を愛してマスから、一番の座は譲《ゆず》れマセん！」

「言うじゃない……。じゃあ、祐の悩みを先に解決した方が真の一番よ！」

「勝負デスか！　いいデスね！　ワクワクしマス！」

その時、ビシィッと二人の間に火花が散ったような気がした。

真剣《しんけん》な顔の舞と満面の笑みのWピース先生。どうしてこうなった……。

「って、痛《い》てててて!?　な、なんだよ涼花！」

いきなり背中をツネられて、俺は振《ふ》り向く。

「……お兄ちゃんにはこんな熱心なファンがいてよかったですね……」

「実際はお前の作品のファンだろーが……っ！」

誰のせいでこんなことになってると思ってんだよ！

……でもまあ、とりあえず相談に乗ってもらえる流れにはなったみたいだ。

「で、なんだっけ？　新ヒロインだっけ？　設定を始める前に、そのキャラはストーリー上でどういう役割になるわけ？」

「ええと……」

俺が助けを求めるように振り向くと、涼花は「こっちを見ないでください」といった感じの不機嫌な顔をしながらも口を開いた。

「……特に役割というものはありません。ストーリーの大枠《おおわく》はもう決まっていますから。……という話でしたね、お兄ちゃん？」

「あ、ああ、そうだったな。うん」

仕方ないとはいえ、回りくどいやり取りだった。

「なにそれ？　ヒロインを名乗る以上そのキャラには重要な使命があるんだから、そんな単なる賑《にぎ》やかしみたいな認識《にんしき》でいいわけ？」

「重要な使命ってなんだよ」

「呆《あき》れたわね、そんなことも知らないでラノベ作家やってるとか。あのね、ヒロインってのは主人公にとってのヒロインって意味なのよ？　潜在的《せんざいてき》に主人公を好きになる可能性が常に秘《ひ》められてるキャラなの。当然読者もそれを期待して読んでるから、作者の側も意識して書かないとダメでしょうが」

「……あ、そうか」

「時々サブヒロイン扱《あつか》いだったのにメインのヒロインを差し置いて、最終的に主人公とくっつくキャラとかいるでしょ？　あれだって読者人気の有無《うむ》以前に、そういう役割を与《あた》えられてたから可能だったのよ」

俺は舞の解説に「な、なるほど」と頷《うなず》く。

言われてみれば当たり前のことなのだが、こうやって論理的な言葉にされると、今までなんとなく意識していたことがハッキリと理解できた。

……ううむ、なんだかんだ言ってやっぱプロラノベ作家なんだな。

俺が尊敬の目を向けると、舞の方でもバッチリそれを感じているのか、

「ふふん、わかったみたいね。今言ったことさえちゃんと理解してれば、新ヒロインなんてそれほど苦労しないで作れるでしょ」

と、いかにも上機嫌な様子で言った。

「いや、前提はわかったけどさ、肝心《かんじん》のキャラはどういう風にすればいいんだ？」

「そんなのなんだっていいのよ。今言ったことと美少女であること、それと最低限読者にウザイと思われないよう気をつければ、あとは基準とかないわ。ツンデレでもクーデレで

も、お嬢《じょう》さまでも年上でもロリでもなんでもOK」

「なんでもいいと言われてもだな……。そこで悩《なや》んでるわけで……」

「それを決めるのが作者の仕事でしょ。でもまあ、ほぼこれで間違《まちが》いないって手法はあるわよ。……で、それを教えてほしいの？　あの大人気作家の永遠野誓《とわのちかい》が、この私に教えを乞《こ》うわけ？　ふっふーん」

……なんか舞が勝手に気持ちよくなっておられる。

「まったく情けないわね！　でも私はあんたの一番のファンでもあるから、仕方なく教えてあげるわ！　その手法っていうのは――」

「あ、わかりマシた。先生が可愛《かわい》いと思うキャラをそのまま書けばいいんデスよ」

「ちょ、ちょっと⁉　それは私が言おうとしてたのに！」

Wピース先生に先を越《こ》され、ちょっと涙目になる舞。やっぱり隙《すき》だらけなやつだ。

「こ、こほん……、でもまあその通りよ。つまり、あんたが可愛いと思えるようなキャラを登場させればいいのよ」

「そんな適当なことでいいのか……？」

「適当じゃないわよ。だってどんなヒロインが読者に求められてるかなんてわからないじゃない。そりゃ今流行《はや》ってるヒロイン像を研究して書くのもアリかもしれないけど、それよりも作者が好きだと思って書いたキャラの方が絶対読者にも伝わるわ」

……な、なるほど。確かにそういった「熱量」みたいなのを感じるキャラとは、ラノベを読んでて時々出会うことがある。

「――と言うわけで、早速《さっそく》あんたの好きなヒロイン像について語ってもらうわよ！」

「って、結局お前が取材したいだけかよ！」

研究ノートを広げて迫《せま》ってくる舞に、俺はツッコむ。

「ち、違うわよ！　このチャンスにあんたの女の子の好みを完全に把握してやろうとか思ってるわけじゃないから！」

「お前も大概《たいがい》わかりやすいよな！」

「だ、大体あんたから相談してきたことなんだから、答えるのが当然でしょ！」

ぐ……っ、確かにそれはそうなんだけど……っ！

「先生の性癖《せいへき》デスか！　それは興味がわいてきマスね！」

そこにWピース先生も乗ってくる。

でも女の子の好みを性癖と言い換《か》えるのはさすがにどうかと思うんですよね！

……って、んなこと考えてる場合じゃなかった。この流れを何とか修正しないといけないんだ。舞が言ってることは正解なんだと思うけど、ただこの状況《じょうきょう》では間違いもいいところだ。なにせ俺は代理人。そんなやつの女の子の好みなんて参考になるわけ――

「……そうですね。私も興味があります」

「って涼花!?」

なぜか真の作者がそんなことを言って、うんうんと頷いていた。

いや、だからなんでこれがお前の取材になるんだって!

「よーし、ではいい機会デスから、今日は先生の好みを暴《あば》いてやるとしマショう!」

Wピース先生がノリノリな様子でイェーイと拳《こぶし》を突《つ》き上げる。

舞は当然、そして涼花もなぜか同調し「おーっ」と盛り上がる女性陣《じん》。

俺は突然《とつぜん》のわけのわからない事態に抗議《こうぎ》の声を上げるが、誰《だれ》も聞いちゃくれなかった。

……ここは俺の部屋のはずなのに、なんでこんなにもアウェー感があるんだ……。

「で、どうなの? 祐はどんな女の子が好きなの? や、やっぱり属性としては同い年で同じクラスにいる女子とかが鉄板だと思うんだけど?」

「い、いや、いきなりそんなこと訊《き》かれてもだな……」

……そりゃ俺だってオタク界の住人だ。ラノベを中心として、今までいろんな美少女キャラにも出会ってきたから好き嫌《きら》いも当然ある。でもそれをこうやってストレートに訊かれても返答に困るってもんだ。

しかも――

「…………」「…………じー」「……ワクワク」

こうも女の子達に注目されている状況では、とてもじゃないけどそんな話はできない。

男同士で軽口を叩《たた》くのとは次元の違うプレッシャーを感じる。

「ほらほら祐、黙《だま》ってちゃ取材にならないじゃないの」

「お前はもう隠《かく》す気もないのか！」

俺が急《せ》き立てられて困っていると、

「うーん、仕方がないデスね。先生はシャイデスから、インタビューで訊き出すのは難しいかもしれないデス。誤魔化《ごまか》されるかもしれないデスし」

「お兄ちゃんは誤魔化していてもすぐにわかりますけど」

涼花がそう言うと「それはそうだ」と同調する二人。

……なんでそんなものが共通認識になってるんですかね。

「……じゃあどうするのよ？　このまま家捜しとかするの？」

「お前はほんとに発想がいちいちストーカーだな！」

「す、ストーカー言うな！　私だってあんたのプライバシーくらい尊重してるわよ！　スーパーの刺身《さしみ》パックにのってるタンポポくらいには！」

「軽い！　ってかそれってなくてもいいレベルじゃねえか！」

「まああ二人とも、落ち着いてくだサイ。私も先生の隠してるエロ本とかすごく見たいデスけど、今はそれよりいい考えがありマスよ」

そう言ってWピース先生は、横にあったボストンバッグをポンポンと叩いた。

「これを使えば先生の性癖がまるわかりデス！」

「……そう言えば気になってたんですけど、そのバッグ、何が入ってるんです？」

見たところ、かなりの大きさがある。長期旅行にでも使いそうな鞄《かばん》だった。

「ふっふっふ、こういうこともあろうかと思って持ってきたんデスよ。予感的中デス！というわけで妹さん、すいマセんけどお手洗いをお借りしてもいいデスか？」

「え？　はい。階段を下りて右に曲がったところですけど……」

いきなり話を振られ、不思議そうな顔で答える涼花。Wピース先生は「では失礼しマス！」と言い残し、部屋を出て行ってしまった。あのボストンバッグと共に。

「……なんなんだ？」

俺が呟《つぶや》くと、涼花と舞も同じように思っているのか、首を傾《かし》げている。

そうこうしていると、しばらくしてWピース先生が戻《もど》ってきた。

が、その姿を見た瞬間《しゅんかん》、俺達は全員驚《おどろ》きで言葉を失った。

「さあさあどうデスか！　先生はこういうコスがお好きなのでは！」

笑顔《えがお》でそんなことを言うWピース先生は、なぜかバニーガールの格好をしていた。

グラマラスなボディラインに沿った黒いバニースーツに、スラリと伸《の》びた脚《あし》を包む艶《なま》めかしい黒の網《あみ》タイツ。そしてバニーガールの必須《ひっす》アイテムである黒のウサミミが、先生の金色に輝《かがや》く髪《かみ》から伸びている。

「な、な……っ！」

俺が予想外の光景に絶句している間にも、Wピース先生は「こうデスか？」などと言いながらいろんなポーズを取っていた。

特に前屈《まえかが》みになるポーズなんかでは、胸の谷間が凶悪《きょうあく》な魅力《みりょく》を振《ふ》りまいて――

「……なにを見とれてるんですか……、お兄ちゃん……？」

と、いつの間にかこっちを睨《にら》んでいた涼花の言葉に、俺はギクリと我に返る。

冷たい視線と地の底から響《ひび》くような声に、俺は普通《ふつう》に恐怖《きょうふ》を感じた。

「い、いや、俺は別に……っ！」

「おお、先生は私に見とれてくれてたんデスね！　もっと見てくだサイ！」

そしてWピース先生の空気を読まない発言が、涼花の視線をさらに険しくする。

「ちょ、ちょっと！　なんて格好をしてんのよ！」

その時、舞が真っ赤な顔をしてWピース先生に抗議し出した。

「え？　バニーガールデスけど」

「見たらわかるわよ！　じゃなくて、なんでそんなことしてるかって訊いてるの！」

「先生の好きな属性を研究するためデス！　女の子の属性は見た目に表れるものデスからね。こうやって実際にコスを着て先生に見せれば、その反応から先生の好みがわかるというわけなのデス！」

「だ、だからってそんな格好……っ」

「……もちろん私も恥《は》ずかしいんデスよ？　けどバニーガールはエロゲでもハズレのない属性デスからね。先生にもきっと喜んでもらえると思いマシて！」

「な……っ!?　た、確かに祐はバニーガール好きだって一目瞭然《いちもくりょうぜん》だったけど……っ」

「待て！　お前ら全員で俺の嗜《し》好《こう》を勝手に決めつけようとするな！」

……いや、決してバニーガールが嫌いってわけじゃないけども！

「そうデショう？　インタビューではわからない先生の生の反応も見られマシたし、がんばった甲斐《かい》があるというものデス！　というわけで先生！　次回作の新ヒロインはバニーガールで決まりデスね！」

「無茶を言わないでくださいよ！　そもそもどうやってバニーガールなんて登場させれば

いいんですか！」

「そんなのどうとでもなりマス！　転校生がバニーガール姿で教室に入ってきたとか、そういうのでいいんデスよ！」

「どうとでもなってねえ!!」

「……確かにそういうのもナシじゃないわね……」

「舞!?　なんでお前まで同調してんの!?」

「そういう視覚的なインパクトのある展開はラノベにおいて重要なのよ。理由は後付けでどうとでもなるしね。たとえば主人公が幻覚《げんかく》を見ていたとか」

「転校生がバニーガールに見える主人公とか嫌《いや》すぎるだろ！」

「おお、舞はわかってくれマスか」

「プロラノベ作家だからね。そういうあなたもなかなかやるじゃない。悔《くや》しいけど」

……いつの間にか理解し合ってる二人がいる。もうなにがなんだか……。

「……お兄ちゃんはどうしようもない変態ですね」

一方、涼花はずっと俺を白い目で見続けていた。

くそ……っ、だからなんでいつの間にか俺が悪いみたいなことになってんだよ！

「と、とにかく！　さすがにバニーガールなんて登場させるわけにはいきません！」

するんデスか？」

「えー？　どうしてデス？　……あ、もしかして先生、他《ほか》にもっと好きな属性があったり

「そういう問題じゃないです！」

「いいえ、今はそういう問題デスよ。先生の好きな女の子の属性を探す場デスからね」

……うう、どうしてこんなことになっているんだろう。

「わかりマシた。そういうことならもっと他のコスも試《ため》して、先生の一番好きな属性を見つけマショう！　コスはたくさん持ってきてマスからね！」

「ちょ、ちょっと待ってください……？　まさかあのバッグの中身って……」

「はい！　うちの会社に置いてあったコスを可能な限り詰《つ》め込んできマシた！　こういうこともあろうかと思いマシて！」

「こういうことってどういうことですか！」

「口ではうまく説明できマセんね。女の勘《かん》ってやつデスか！」

お、女の勘……っ！　恐《おそ》ろしい……っ！

「ま、待ちなさい。祐の好みを探《さぐ》るのはいいけど、直接コスプレを披露《ひろう》する必要はないんじゃないかしら？　それこそイラストなんかでも――」

「いえいえ、こうやって直接反応を見た方が確かデスからね」

「で、でもコスプレなんて……」

「あ、心配しなくてもいいデスよ？　この役目は一番のパートナーである私が立派に務めてみせマスから！　私も普段《ふだん》はコスプレとかしないデスけど、先生のためなら恥ずかしくてもがんばれマス！」

「な、なんですって……⁉」

その台詞《せりふ》に、舞はわなわなと身体《からだ》を震《ふる》わせる。

「……そう。……そうだったわね。……これは勝負なんだって忘れてたわ。……ねえ、衣《い》装《しょう》はまだいろいろあるのよね？　私にも貸してくれないかしら」

「お、おい！　お前まで何言って――」

「あんたは黙ってなさい！　この勝負、私は負けられないのよ！」

……な、なんで目がマジなんだよ！

「おお、舞もやる気デスね！　いいデスよ！　いくらでもお貸ししマス！　先に先生をメロメロにさせたほうが勝ちということデ！」

「ええ、かまわないわ。祐の一番のファンとして、負けるつもりはない！　……あ、涼花さん、私もお手洗いを借りるわね！」

「着替《きが》えるなら、おトイレはちょっと……。隣《となり》が私の部屋なので、そこでどうぞ」

ありがとう！　と、舞とWピース先生はそのまま部屋から出て行ってしまった。

「……ど、どうしてこんなことに」

「はぁ……、お兄ちゃんが変態なのが悪いんです。あんなにみとれるなんて……」

「い、いやあれは不可抗力《ふかこうりょく》でだな……っ！　別に俺が無類のバニーガール好きってわけでは決してなくて……っ！」

「………………お兄ちゃんのバカ」

そう言って、涼花はもう俺と目を合わせようとしなくなった。

……うう、今度こそ完全に呆《あき》れられたのか？

俺が落ち込んでいると、やがてまたWピース先生が戻ってきた。

「さあさあこれはどうデスか先生！」

「う……っ」

今度の衣装はチアガールだった。

露出《ろしゅつ》はさっきよりも減っているが、ものすごく短いスカートとおへそ丸出しのシャツとのコンボが強烈《きょうれつ》だった。加えてWピース先生が外国の人だからか、なんでか知らないけど「本場！」って感じがする。

「チアガールも鉄板属性デスからね！　反応を見ると選んで正解デシた！　先生の視線か

BEST

ら、エロに対する熱い想《おも》いが読み取れマス！」

「か、勝手に変なものを読み取らないでもらえますかね」

とはいえ目が離《はな》せないのも事実なので、ツッコミにも力がない。

「……ちょ、ちょっと、いい加減どいてよね」

そこに舞の声が聞こえてきた。

Wピース先生が横に移動すると、後ろからその姿が現れる。

「お、お前……っ、それ……っ」

「な、なによ。別に恥ずかしくなんてないわよ！　せ、せいぜい私にみとれるといいわ！

一番のファンであるこの私に！」

顔を赤くしながら意味不明に胸を張る舞の格好は、いわゆる悪魔《あくま》風のものだった。

ボンデージっていうんだろうか？　下着かと思えるような黒いレザーに身を包み、頭にはヤギのような角、背中にはコウモリの翼《つばさ》、そしてお尻《しり》からは先っぽが尖《とが》った悪魔の尻尾《しっぽ》が生えている。

「な、なんつー格好してんだよ……っ！」

「し、仕方ないじゃない！　あんただって好きでしょ、こういうの！　本棚《ほんだな》にモンスター娘《むすめ》系のファンタジーラノベを大量に並べてるんだから！」

「んなっ⁉　そ、そんなとこまで観察してんのかよ！」

「あんたの部屋の中なんて、この前来た時に全部覚えたわよ！」

堂々とストーカー宣言する舞だったが、俺はツッコむ余裕《よゆう》さえなかった。

サキュバスをイメージしたと思われるその衣装があまりにもエロ過ぎて、ダメだとわかっていても目が離せないのだ。恥ずかしくないと言いながら真っ赤な顔で震えている舞の姿も、一層エロさを際立《きわだ》たせてるし。

しかも姿勢が姿勢だから、振動《しんどう》がダイレクトに胸に伝わってすごいことになっている。

「……って、祐？　ちょ、ちょっと目が怖《こわ》いんだけど……？」

「おおー、舞ってそんなに胸が大きかったんデスね！　先生も釘付《くぎづ》けデス！」

「い、いや俺は⁉」

「む、胸⁉　ど、どこ見てんのよあんたはっ！」

舞はその言葉を聞いた瞬間《しゅんかん》、自分の胸をかばうように腕《うで》で隠《かく》しその場にへたり込んだ。

そのまま上目遣《うわめづか》いで睨んでくるが、怖さどころか可愛《かわい》さしかない。

「さてさて、では判断してもらうとしマショう！　先生はどっちのコスが好きデス？」

「ど、どっちがって言われても……」

「と、当然私よね？　私を見る目、血走ってたし！」

「いえいえ私デスよ。先生の頭の中では、私はもう何度も押し倒《たお》されているはずデス！」

「二人とも流れるように俺の人格を貶《おとし》めないでもらえるかなぁ!?」

「これは勝負なんデスから、勝敗はハッキリさせないとデスよ」

「決めるのはあんたなんだから、さっさとしなさいよ！」

追い詰められた俺は、誰《だれ》かに助けを求めるように思わず部屋の中を見回した。

その時ふと、いつの間にか涼花の姿が消えていることに気がつく。

「あ、あれ……？　涼花は――」

と、その台詞が終わる前に、

「……お兄ちゃん、こっちを見てください」

そんな声が聞こえてきて、全員が部屋の入口の方へと振り向いた。

そこには涼花が立っていた。ただし、その服装はあり得ないことになっていたが。

「あ、あの……、でも、あんまりジロジロ見られると……、その……」

涼花は体操服を着ていた。どこにでもある、ごく普通《ふつう》の白い体操服だ。

ただしまともなのは上だけで、下はなぜかブルマだった。脚《あし》は黒のニーソックスに包まれていて、恥ずかしさからかモジモジと動いている。

「す、涼花さん……？　なんであなたがそんな格好を……？」

「おお、妹さんも参戦デスか！　妹さんは一見儚《はかな》い美少女デスが、先生のこととなるとすごくパワフルデスからね！　強敵登場デス！」

「わ、私は、その……、お兄ちゃんの取材のことですから、お二人だけに負担させるわけにはいかないと思いまして……。こ、これも妹の義務です……」

そう言いながら、恥ずかしそうにチラチラとこちらを見る涼花。

普段では考えられないその服装に、俺は完全に思考能力を奪《うば》われていた。

「し、しかもブルマとニーソックス……!?　一見ありそうだけど現実では絶対にあり得ない組み合わせをわざわざ選んだというの……っ!?」

「……さすがデスね。滅《ほろ》びてもなお漢《おとこ》のロマンとして君臨し続けるブルマをチョイスするとは、素晴《すば》らしいセンスデス！」

俺が呆然《ぼうぜん》としている間、二人はなぜか感心したような反応を見せる。

「……って祐、あんたなにみとれてるわけ……？」

「……ハッ!?　お、俺は別にみとれてなんかいないぞ!?」

「むむ、これは勝負ありデスね。妹さんに向ける視線が一番強かったデス」

「いや、だから、俺は妹相手にそんな——」

「……くっ、そうね。それは認めざるを得ないわ……」

おい舞！　なんでこういう時だけそんなに素直なんだよ！　否定してくれよ！

「ふーむ、それにしても妹さん、どうしてその格好を選んだんデス？」

「お、お兄ちゃんはこの格好が好きですから。あとニーソックスも大好きなので」

「なるほど！　先生の好みをピンポイントで攻《せ》めたわけデスね！」

「な……っ!?　こ、これが妹の力……っ!?　もしかして涼花さん、他にも祐の好みとか知ってるの!?」

「はい。お兄ちゃんは基本的に太ももを強調する格好が好きなようです、ニーソックス好きもその表れです。あと胸も大きい方が——いえ、なんでもありません。聞かなかったことにしてください。……あとは上半身の露出は控《ひか》えめな方が——」

「な、なるほど、貴重な情報だわ……っ！」

「さすが妹さんデス！　素晴らしい観察眼デスね！」

いや、なんでお前らそこで感心するんだ!?

ってか涼花！　お前もなんでちょっと得意げな顔してんだよ！

いやそもそも、なんで涼花が俺の好みなんて把握《はあく》してるんだ!!

ああもう、ツッコミどころが多すぎて逆にツッコむ余地がねえよ!!

「と、忘れてマシた。この勝負は妹さんの勝ちデスね。悔《くや》しいデスけど」

「む……。で、でも、微妙《びみょう》に納得《なっとく》いかないわ！　不意打ちみたいなものじゃない！　別に一回勝負とか決めてないわけだし、ここは二回戦を希望するわ！」

「……かまいません。受けて立ちます。あ、もちろんこれはお兄ちゃんの取材のため、妹の義務としてやっていることなので、そこのところは勘違《かんちが》いしないでください」

再びビシィッと火花の幻覚《げんかく》が見えたかと思うと、三人はそろって部屋から出て行った。

話の中心にいるっぽいのにことごとく無視され続けている俺は、もういろいろと諦《あきら》めて肩《かた》を落とす以外なかった。

そして、その後も謎《なぞ》の突発《とっぱつ》コスプレ大会は続いた。

ゴスロリ、ナース、チャイナドレス、魔法使《まほうつか》い、女騎士《きし》、ネコミミ、スクール水着、アイドル風、ＯＬ、巫女《みこ》さん、シスター服、ｅｔｃ……。

様々な衣装に身を包んだ三人が現れては消えていく。

この非現実的な光景に寝不足《ねぶそく》気味の俺の脳味噌《のうみそ》がついて行けるはずもなく、もうほとんど思考停止状態で眺《なが》めているしかなかった。

だからだと思ってほしいのだが、最後に涼花がメイド服を着て現れた時は、他《ほか》の二人を差し置いてついジーッと見つめてしまった。「これでこいつに『ご主人さま』とか言われたら、俺、どうなるんだろう……」とか考えながら。

「お、お兄ちゃん……。ど、どうして黙《だま》ったままなんですか……」

「むうう、これはもう決まりデスね。私達の完敗デス！　結局、妹さんが全勝してしまうとは、これは認識《にんしき》を改めないといけマセんね！」

「く……っ、屈辱《くつじょく》だわ……っ！　やっぱりこの世は情報が全《すべ》てね！　こうなったら、今まで以上に祐の取材を進めてやるんだから、覚悟《かくご》しなさいよね！」

外野の声を聞き流し、俺はなおしばらくの間、メイドさん姿の涼花にみとれていた。

……もちろん、我に返った後に、激しい自己嫌悪《けんお》に陥《おちい》る羽目になるのだが。


「さて、先生の性癖《せいへき》もわかりマシたし、これで二巻の取材はバッチリデスね」

あの後、コスプレ大会が終わり、全員が元の服に着替え終わった時のことだ。

Wピース先生が満面の笑《え》みを浮《う》かべて言う。その笑顔があまりにも無邪気《むじゃき》だったので、俺はとりあえず「……あ、ありがとうございます」と返すしかなかった。

「先生のことデスから、新ヒロインも可愛いキャラになること間違いなしデスね！　今の妹ヒロインだけでもすごいのに、これからどうなってしまうんデスかね!?」

「まったくよね」

と、そこで舞が同調する。

「妹ヒロイン一人であれだけ人気が出たんだから、新ヒロイン投入となるとさらに盛り上がること間違いなしだわ。……悔しいけど」

と言いつつ、どことなくうれしそうな顔に見えるのは気のせいだろうか……。

「それに祐の作品は、妹の可愛さだけじゃなく主人公のカッコよさでも成り立ってるわ。新ヒロインの登場で、その辺りも強化されるわね」

「なるほど！　そういう意図もあったんデスね！　さすがデス！」

「ふふん。やっぱりラブコメラノベで二巻と言えば、新ヒロインを出さないと始まらないものなのよ。ねえ、祐？　あんたもそう思うからこんな相談したんでしょ？」

「え？　……あ、ああ」

俺はいきなり話を振《ふ》られ、反射的に頷《うなず》いた。言ってることは間違ってないと思うし。

……でも、なんだろう。一瞬《いっしゅん》また、あの違和感《いわかん》が胸をかすめたような気がした。

なぜかわからないけど、チクリと胸が痛む。

「…………」

涼花は黙ったまま、複雑な表情でそんな俺を見ていた。

二人が帰った後、俺は涼花に取材の成否について訊《たず》ねた。あんなカオスな状況《じょうきょう》だったの

だが、返ってきた答えは──

「……はい、有意義なものでした。早速《さっそく》取材結果を反映させて原稿《げんこう》を書きます」

……もはやなにがどう取材になっていたのかわからないが、当の本人がそう言っているのだからどうしようもない。

と、その時ふと気になったことがあった。

「……？　なあ涼花、お前身体《からだ》の調子でも悪いのか？」

「……どうしたんですかいきなり」

「いや、なんか元気がないみたいに見えたから」

「……それは気のせいですね。私は大丈夫《だいじょうぶ》です。それより、私はこれから執筆《しっぴつ》に移りますので、これで失礼します」

言うが早いか、涼花はさっさと自分の部屋へと戻《もど》って行った。

……なんだ？　取材が終わったら用済みとばかりにいなくなってしまうのはいつものことだけど、今日はなんだか特に素っ気ない感じがするな。

「……と、涼花のことばっか気にしてる場合じゃなかった」

俺は自分の状況を思い出し、急いで自室に戻る。まだ違和感が残っていたが、無視してノートＰＣに向かい、大賞応募《おうぼ》用の原稿に再度向かい合った。

残された時間は、もうほとんどないのだ。

▼

ピリリリ……と、着信を報《しら》せる音で目が覚めた。

「……んあ？　……寝《ね》ちまってたのか……？」

俺は身体を起こしながら呟《つぶや》く。睡眠《すいみん》が足りていないからか、頭がぼんやりしている。

「……えっと？　今は何時……、ってか今日はいつだ……？」

目の前のノートPCで日付を確認する。画面には、相変わらずの白紙のドキュメント。

……ああ、思い出した。俺、寝落ちしたんだな。

あのコスプレ事件から数日後。大賞締《し》め切りまでついに一週間を切った夜だ。

いつものように文書作成ソフトを前に頭を悩《なや》ませて、成果のないまま力尽《ちからつ》きてしまったらしい。もはや絶望感を通り越《こ》して虚無感《きょむかん》しかなかった。

「……って、今はそれより電話を……」

スマホを手に取って確認すると、それは篠崎さんからだった。

こんな状況であの人のダベりに付き合ってるわけにはいかないのだが、無視するわけにもいかないので俺は電話に出た。

「……ふぁい、もしもし……？」

『永遠野先生か？』

聞き慣れた声。だけど、今はどこかいつもと違った感じに聞こえた。

「今日は何の用です……？　悪いんですけど、今ちょっと立て込んでるんで、雑談ならまた今度にしてもらえますかね……」

『なにを悠長《ゆうちょう》なことを言ってるんだ君は。締め切りを過ぎたというのに原稿が送られてきていないぞ？　どういうことなのだ？』

「……へ？　締め切り……？」

『数日前に、私のアドバイス通り新ヒロインを出す方向で書き直すというメールが来て以来、音沙汰《おとさた》無しじゃないか。まさか、まだできていないのか？』

「えっ!?」

篠崎さんの言葉で、寝ぼけていた俺の意識はようやく覚醒《かくせい》した。

「げ、原稿が送られてきてないって、どういうことですか!?」

『それはこっちの台詞《せりふ》だろう。もしかして体調を崩《くず》したりしたのかと心配していたが、どうもそんな感じではないな。とりあえず説明は後にして、原稿を送ってもらいたい』

俺は一瞬呆然と立ち尽くしたが、すぐに我に返ると、

「す、すいません！　すぐに確認するんで……っ！　ま、また連絡《れんらく》します！」

『おい、ちょっと──』

強引《ごういん》に電話を切り、スマホを放《ほう》り出して自室を飛び出した。

行先はもちろん涼花の部屋だ。

「おーい、涼花⁉　いるのか⁉」

ドアを強めにノックする。しかし返事はなかった。

俺は仕方なくドアを開け、部屋の中を確認する。

涼花は──いた。ノートＰＣの置かれたテーブルの前に座っている。

が、ピクリとも動かない。よく見ると、テーブルの上に腕《うで》を枕《まくら》にして突《つ》っ伏《ぷ》していた。

「こ、こいつも寝落ちか……？　おい、涼花──」

俺はとりあえず起こそうと、涼花の方へと近づいていく。

と、テーブルの上に数冊のノートと一緒《いっしょ》にＡ４サイズの紙束があるのに気がついた。

「……これって、二巻の原稿……？」

タイトルを見ると、どうやら間違いなさそうだった。

……こんなのがあるのに、どうして送ってないんだ？

俺は一瞬ものすごく読んでみたい衝動《しょうどう》に駆《か》られたが、勝手にそんなことはできないと頭《かぶり》を振って、とりあえず涼花に声をかけようとする。しかし、その拍子《ひょうし》に脚《あし》がテーブルに当たってしまい、はずみで原稿が床《ゆか》に散乱してしまった。

「や、ヤバ……っ！」

俺は慌《あわ》てて拾い集める。だがその時、書かれていた文面が偶然《ぐうぜん》目に入ってきて、俺は息を吞《の》んだ。そしてそのまま、俺は全てを忘れて猛然《もうぜん》と原稿を読み始めた。

それは、新ヒロインと思われるキャラ二人と主人公のシーンだった。

クラスメートでストーカー気質の金髪碧眼《きんぱつへきがん》の美女と、口を開けばエロネタしか言わない転校生が登場し、ことあるごとに主人公に迫《せま》ってくる。二人はなんの脈絡《みゃくらく》もなくパンチラを見せたり胸を主人公に押し付けたりしたかと思うと、今度はいきなりオタク文化についての会話を始める。しかし内容はほとんどなく、オタク用語を並べているだけ。しかもいきなり二人の正体がメイドさんだと判明して唐突《とうとつ》にメイド服に着《き》替《が》え始め――

「な、なんだこれ……」

そこまで読んで、俺は思わずうめき声を漏《も》らした。内容がひどすぎるのだ。

話の展開は無茶苦茶だし、文章も箇条《かじょう》書《が》きみたいだし、キャラも完全に崩壊《ほうかい》してる。

「……ってか、これって本当に涼花が書いたのか……？」

そう思ってしまうほど、その原稿はカオスだった。

……いや、カオスなだけならまだいいんだ。問題なのは——

「…………ぜ、全然面白《おもしろ》くない」

俺の口からそんな呟きが漏れるほど、こいつが面白くないということだ。

というか、これがあの一巻の続きで、同じ作者が書いているものとはとても思えない。

あの前代未聞《みもん》の大ヒットを飛ばし、俺が寝る間も惜《お》しんで面白さの秘密を探《さぐ》ろうとしている作品の面影《おもかげ》は、もはやどこにも見当たらなかった。

「ど、どうしちまったんだよ涼花のやつ……」

俺が衝撃《しょうげき》に立ち尽くしている時だった。

気配に気が付いたのか、涼花は「ううん……？」と声を出しながら身体を起こした。

そしてまだ半分閉じられた目で俺を見ると、

「……？　……あれ？　お、お兄ちゃん⁉」

と、すぐに目を覚まし、驚《おどろ》きの表情で立ち上がった。

「そ、そこでなにしてるんですか⁉　……って、それは私の原稿じゃないですか！　どういうことですか！」

真っ赤な顔でまくしたてる涼花に、俺は慌てて弁解する。

「わ、わざとじゃないんだ！　落ちた原稿を拾ってたら偶然見えちまって……っ！　勝手に見たのは謝る！　ごめん！」

「な、なんですかそれは！　そもそもお兄ちゃんがどうして私の部屋にいるんですか！」

「って、そうだよ！　用事があったんだよ！　さっき篠崎さんから電話がかかってきて、締め切りを過ぎてるのに原稿が来てないって言われたぞ!?」

俺がそう言うと、涼花はハッと気が付いたような顔になって、

「……そうでした。締め切りに間に合わせようと思って書いていたんですが、そのまま居《い》眠《ねむ》りをしてしまったみたいです。迂闊《うかつ》でした……」

「居眠りって、お前にしては珍《めずら》しい……。って待てよ？　ずっと寝てなかったりするんじゃないだろうな？」

「……い、いえ、そんなことよりも、締め切りを過ぎてしまったことについて篠崎さんに謝らないといけません。その上で、一刻も早く原稿を完成させないと」

涼花の誤魔化《ごまか》すような言い方に、俺は不安な気分になった。

「なあ涼花……？　お前もしかして、二巻に苦戦してたりするのか……？」

「な、なんのことです？」

その反応は、俺の懸念《けねん》が事実だとはっきり告げていた。

「誤魔化すなよ。真面目《まじめ》なお前が締め切りを破るなんて、そうとしか考えられないだろ」

「…………」

俺の指摘《してき》に、涼花は苦しそうな顔で黙《だま》る。

「……もしかして、新ヒロインのことで悩んでたりするのか？」

「……っ！　ど、どうして」

図星って感じで戸惑《とまど》う涼花。……そりゃあんな原稿を読んだら誰《だれ》だってそう思う。

無理矢理書いてるって感じしか伝わってこなかったからな。

「…………ええ、そうですよ」

やがて涼花は渋々《しぶしぶ》といった感じで認めた。苦しそうに、顔をしかめながら。

「キャラクターが決まっても、実際に物語の上で動かす時にどうしても上手《うま》く書けないいんです。……いえ、書きたくない、と言った方が正しいでしょうか」

「書きたくないって……。お前、書きたくないものを無理に書いてるのか……？」

「仕方ないじゃないですか。新ヒロインを出すべきだっていうアドバイスをもらったんですから。それに、お兄ちゃんも賛同してたじゃないですか」

「た、確かにそれはそうだけど……」

「私はもっと面白いと思ってもらえる作品を書きたいんです。もっと私の作品を気に入ってほしいんです。……そのためなら、私はなんだってするんです」

俺を見つめる涼花の視線は、信じられないほど強いものだった。

「……お前の志が高いのは知ってるけどな、だからって書きたくないものを書くなんてのは違《ちが》うだろ？　だってお前、そんなにも苦しそうじゃないかよ」

「……私の苦しみなんて大したことじゃありません」

「んなわけあるか！　そういやなんかさっきからフラフラしてるし、よく見りゃ顔色も悪いし、やっぱり寝ずに原稿《げんこう》を書いてたんだろお前！　……ああもう！　とにかく休め！　一度休んで落ち着くのが先だ！」

「嫌《いや》です。そんなことをしてる暇《ひま》なんてありません。締め切りはもう過ぎてるんですよ？　篠崎さんから電話もかかってきたんでしょう？」

「締め切りを守るのも大事だけどな、お前の身体《からだ》の方がもっと大事なんだよ！」

「……っ！　し、心配してもらえるのはありがたいですが、私にとっては面白いと思ってもらえる作品を書く方がもっと大事なんです！」

涼花は興奮しているのか、顔を赤らめながら強い口調で返す。

「な、なんでだよ……。なんでそこまでムキになるんだよ。お前はもう一巻で面白い作品を書いてるじゃないか。それで十分だろ……？」

「全然十分じゃないから苦労しているんです。……そもそも、お兄ちゃんはそんな心にもないことを言わないでください」

「こ、心にもないことってなんだよ」

「一巻が面白いということです。お兄ちゃんはそんなこと思ってません」

「は、はぁ!?　俺はお前の作品がむちゃくちゃ面白いと思ってだな――」

「ウソです。だってお兄ちゃんは、私が感想を訊《き》いた時にも『まあまあ』としか言ってくれなかったじゃないですか」

恨《うら》めしそうに言う涼花に、俺は一瞬《いっしゅん》言葉を失った。

……いや、確かに言われてみればそんな感想を返した気がしないでもない。

でもあれは照れ隠《かく》しというか、素直《すなお》になれない俺の捻《ひね》くれた返答というか、とにかくまるで本心じゃないものだったんだ。だから俺は慌てて、

「ま、待て！　違う！　あれは誤解だ！」

「まあまあという単語のどこに誤解する余地があると言うんですか」

「あれは……っ、お前に先を越《こ》されたのが悔《くや》しくて、それでつい口から出ちゃった言葉なんだよ！　俺の人間の小ささの表れというか……っ！」

「お兄ちゃん……」

その時、涼花の表情がふっと緩《ゆる》んだ。

……おお、俺の正直な告白で、ようやくわかってくれたか――

「そんな、自分を貶《おとし》めてまで私を慰《なぐさ》めてくれなくてもいいです」

「違うってば！　本当に本当なんだって！」

と思ったけど、全然信じてもらえてなかった。

「なら訊きますけど、お兄ちゃんは私の作品のどこが面白いと思ってるんですか？」

「え？　ど、どこがって」

「お兄ちゃんの言ってることが本当なら、簡単に答えられるはずですよね？」

俺はそう言われて愕然《がくぜん》とする。

涼花の作品のどこが面白いのか？　それこそ、俺がずっと悩《なや》み続けていた疑問なのだ。

そして同時に、未《いま》だに答えがわからない難問でもある。

「そ、それは……」

「答えられないんですね」

うろたえる俺を見て涼花は、

「……お兄ちゃんはいつもそうですね。どうしようもなく優《やさ》しくて、自分のことなんてまるで考えずに人の心配ばかり……」

小さくため息を吐《つ》き、ノートＰＣの前に座る涼花。

「でも心配は不要です。私は何としてでも書いてみせます。たとえ私が苦しくても、それで喜んでもらえるのなら……」

そう言ってキーボードを叩《たた》き始めると、涼花の顔はすぐに曇《くも》り始めた。

書きたくない。書きたくないけれど、仕方なく書く。そんな顔だ。

……なんでだよ。なんだってお前はそんな苦しそうな顔をしてんだよ……。

……お前が苦しんで書いたラノベなんて、俺は絶対に読みたくないってのに……っ。

「お兄ちゃん。すいませんが、私を一人にしてください」

そして、俺は涼花の部屋から追い出された。

本当はその場にとどまって、涼花を説得すべきだったなんてことはわかってる。

でも俺にはできなかった。今のあいつにかける言葉が、俺の中には何一つないと痛いほど自覚していたから。

「…………くそっ」

自室に戻《もど》った俺は、部屋の電気を消してベッドに身を投げ出した。

ここ最近感じていた絶望感よりも、はるかに重い無力感が俺を襲《おそ》う。

俺はそんな感覚に負けないよう、ギュッと目をつぶって頭を回転させる。この事態を打破するような考えはないか、それだけを必死に考える。

「…………」

が、もちろんそんな都合のいい考えなんてそう簡単に出てくるはずもない。

静まり返った室内に、時計の秒針が動く音だけが確実に響《ひび》く。

どうすりゃいいんだという言葉と涼花の苦しげな表情が交互《こうご》に頭に浮《う》かんできて、焦《あせ》る気持ちだけがドンドン膨《ふく》らんでいく気がした。

……どれくらいそうしていただろう。

連日の徹夜《てつや》で朦朧《もうろう》とする頭を無理矢理回転させていると、逆に思考が真空状態になったような気がする。

そんな時、ふと一つの思い出がぽかりと浮かんできた。

——お兄ちゃんなんて嫌《きら》い！

……ずっと昔の光景だ。俺と涼花の関係が決まったあの日のことだ。

俺は、あの時から全然成長していない。相変わらずの頼《たよ》りにならない兄だった。

誰よりも大事な妹の涙《なみだ》を拭《ぬぐ》うことさえできないダメ兄貴だ。

……笑っちまう。

俺はまた、あの時と同じように今回も涼花を助けてやれないのか？
苦しんでいる妹に、どうしてやることもできないってわけか？
……そんなこと……、そんなことは——

「……冗談《じょうだん》じゃない……っ」

俺は目を開けて勢いよく立ち上がった。
昔できなかったのなら、なおさら今やらないといけないいんじゃないか。
俺は今あいつの代理人だ。二人で一人のラノベ作家なんだ。
いやそれ以前に、俺は昔から今まで、ずっとあいつの兄貴だ！
兄貴が苦しんでる妹を助けるなんてのは、当たり前のことじゃねえか‼

「……よし」

俺は部屋の電気を点《つ》け、時計を見る。
随分《ずいぶん》長いこと考えていたような気がしたが、まだ一時間しか経《た》っていなかった。

それでも、その間苦しんでいる涼花を放《ほう》り出していたかと思うと、自分に腹が立つ。

……いや、今はそんなことよりしないといけないことがあるんだ。

「考えることは一つだけ……」

それは、涼花の作品のどこが面白《おもしろ》いか——だ。

今涼花が苦しんで書いている原稿は、はっきりつまらないと断言できる。

一巻にあった面白さが、まるでなくなっているのだ。

それをわかってもらうために、答えを涼花に返してやらないといけない。

俺は必死に考える。脳味噌《のうみそ》を無理矢理回転させて、考えを絞《しぼ》り出す。

涼花の作品のどこが面白いか？

……わからない。やっぱりいくら考えても答えは出ない。

でも、わからないけど、一つだけ言えることがあった。

それは、俺が読みたかったのはあんな無理矢理登場させた新ヒロインの物語なんかじゃないってことだ。涼花が苦しみながら書いたラノベなんかじゃないんだ。

……じゃあ、俺が読みたいものはなんだ？　俺は涼花のラノベに一体何を求めて——

——わたし、実はお兄ちゃんのことが大好きなんだよ？

「──────っ⁉」

その時、脳内に声が響き、俺はすさまじい衝撃《しょうげき》を感じた。

それは、涼花の作品に出てくる妹、祐花《ゆうか》の台詞《せりふ》だった。

兄のことが大好きで大好きで暴走気味のアプローチを繰《く》り返す妹。

それに圧倒《あっとう》されながらも、妹のことを大切にしているのがわかる兄。

そんな兄妹《きょうだい》のイチャイチャシーンが、一瞬で俺の頭の中を駆《か》け巡《めぐ》る。

「あ──」

そして、俺はそこでようやくわかった。自分が涼花の作品に何を求めていたのかが。

涼花の作品の面白さが、一体どこから来ているのかが。

その考えが頭に浮かんだ時には、俺は既《すで》に部屋を飛び出していた。


「わかった──────っ‼」

「わっ⁉　お、お兄ちゃん⁉　どうしたんですか⁉」

バァンッと勢いよくドアを開けた俺に、涼花はノートＰＣの前に座ったまま驚《おどろ》く。

「わかったんだよ！　お前の作品のどこが面白いのかが！」

「な、なんなんですかいきなり！　とにかく落ち着いてください！」

興奮している俺をなだめようとする涼花だが、こっちはそんなことでは止まれない。

「いいから聞いてくれ！　まださっきの原稿《げんこう》は送ってないよな!?　よし、じゃあそれは没《ぼっ》だ！　で、一巻と同じような感じで二巻も書くんだ！」

「意味がわかりません！　なにを言ってるんですかお兄ちゃんは！」

「つまり、もう新ヒロインのことで苦しむ必要はないってことだよ！」

「だから！　お兄ちゃんがなにを言ってるか意味不明です！　順に説明してください！」

涼花に言われ、俺は一度間を置く。が、もちろん興奮が冷めたわけじゃない。

「いいか？　俺はお前の作品がどうして面白いのかわかったんだ。それによると、新ヒロインは必要じゃないことが判明した。つまり、書く必要がないわけだ」

「まるで説明になってませんね……。大体、新ヒロインを出した方がいいと、お兄ちゃん自身も言ってたじゃないですか！」

「ああ、新ヒロイン自体は否定しない。でもな、それは作品の一番重要な面白さが保たれた上での話だ」

「……なんなんですか、その一番重要な面白さというのは」

「それは――あの兄妹のイチャイチャラブコメだ！」

俺は胸を張り、自信満々に言い切った。

「な……っ!?　い、イチャイチャ……!?」

「そうだ。あの兄と妹のイチャイチャシーンこそが面白さの根源なんだ！　レビューとかでも書かれてただろ？　妹がとにかく可愛《かわい》いってさ。そういうシーンから生み出されるキャラの可愛さこそ、読者が面白いと思った部分なんだよ！」

だから――と俺は続ける。

「二巻の原稿が面白くない理由はそこだ！　新ヒロインを出したことで、妹ヒロインのイチャイチャシーンがなくなっちまったんだ！　だったら、無理してまで新ヒロインなんて出す必要はないってわけだよ！」

俺は自分の説明にうんうんと頷《うなず》く。

これできっと涼花も納得《なっとく》してくれるはず――そう思って見てみると、涼花は頬《ほお》を染めながらも、なぜか緊張《きんちょう》した面持ちで俺を見つめていた。

「……か、仮に、私の作品の面白さがそういったことによるとしてです……」

「いや、仮にじゃないって！　なんなら今からレビューとか見返して――」

「……世間一般《いっぱん》の意見はどうでもいいです。重要なのは、お兄ちゃんもそういう風に思ってくれているのかということです。ど、どうなんですか……？」

その質問は、どこか今までと雰囲気《ふんいき》が違《ちが》ったもののような気がした。

しかし、俺はさっき悟《さと》った真実に基づいて、自信満々に答えようとする。

「そんなのもちろん――」

が、次の瞬間《しゅんかん》、興奮が悪寒《おかん》に変わった。ある重大なことに気がついたからだ。

俺も、あの妹とのイチャイチャシーンが好きだ。

それ自体はもう間違いない。自信をもって断言できる。キャラ萌《も》えなんてのはラノベの基本だし、どうして今まで気づかなかったんだと不思議なくらいだ。

……でも待てよ？　今回の場合、キャラが妹だってことが、俺にとってはすさまじく大きな問題になるんじゃないか……？

「……お兄ちゃん？」

急に押し黙《だま》った俺に、涼花は怪訝《けげん》そうな視線を向ける。

一方で俺は、ダラダラと冷や汗《あせ》を流しまくっていた。

……いや、待ってくれ。俺はただ妹属性とかに関係なく、あの祐花というキャラそのものの可愛さが好きなんだ。妹って部分は、それほど重要な要素じゃないんだ。

でも、その祐花はやっぱり妹キャラだという厳然たる事実。

……リアル妹の涼花に向かって「俺も妹ヒロインがデレデレしてるところが最高に可愛

いと思ってるんだ！」なんてことを、俺の口から言えと……？

そんなことを口走った瞬間、間違いなく俺の人生は終わる。

いくら妹という存在は関係なく、あくまでもあのヒロイン自体が可愛いからだと主張したところで、祐花はれっきとした妹キャラなのだ。言い訳にしか聞こえないだろう。

「……はぁ」

俺が答えられずにいると、涼花はため息を吐《つ》き、

「……やっぱり答えられないんですね」

そう言って、どこか寂《さび》しそうに笑った。

「お兄ちゃんが、苦しんでいる私を見かねてそう言ってくれているのはわかっています。でも、今はそんな優《やさ》しさはいりません。私はちゃんと新ヒロインを書き上げてみせます」

「ま、待て涼花！」

俺は呼び止めるが、涼花はもう目を合わせようとしない。

俺が何と言おうと、ただ苦しそうにキーボードを叩《たた》くだけ。

その辛《つら》そうな表情を見ていると、俺は胸をかきむしられるような痛みを覚える。

……くそっ、なんでわかってくれないんだよ涼花……っ！　俺の意見なんてどうでもいいじゃねえかよ……っ！

……どうする……⁉　どうすれば涼花にわかってもらえる……⁉

……なにか、なにかいい考えとかねえのかよ俺！　ねえんだよちくしょう！

……ああもう！　考えるのはやめだ！　とにかく俺は妹を苦しませたくないんだ！

……俺はこいつを、涼花を助けてやりたいと思ったからここにいるんだろ⁉

……だったら、やるべきことなんてただ一つしかねえじゃねえかよ！

俺はグッと拳《こぶし》を握《にぎ》り締《し》め、迷いを振《ふ》り切る。

「涼花！　聞いてくれ！」

「……まだなにかあるんですか。私はなんと言われても――」

「俺は兄と妹のイチャイチャが読みたいんだ！」

俺はギュッと目を瞑《つぶ》り、涼花の返事を待たずに続ける。

「俺はな、お前のラノベを最高の神作品だと思ってるんだよ！　お前のラノベみたいな作品を書きたいと思って、大賞応募《おうぼ》用の原稿も書いてたんだ！　でもついさっきまで、何が面白いのかわかってなかった！」

だが今は違う――

「やっとわかったんだ。俺は兄妹がイチャイチャしてるシーンが好きだから面白いと感じてたんだ！　妹がデレるのが見たくて何十回も読み返してたんだよ！　それがお前の作品の面白さの秘密だったんだ！」

俺はもう止まらなかった。

「だから二巻も同じように書いてくれ！　新ヒロインなんていらない！　俺には妹ヒロインさえいればいいんだ！　それだけで十分なんだよ！　だからそんな、苦しみながら書いてる原稿なんていらないんだ！」

俺は言う。何度でも言う。何度言っても足りないから。

「俺は——妹が大好きなんだよ‼」

そこで、俺はようやく言葉を切った。

静まり返った室内に、ぜえぜえという俺の息遣《いきづか》いだけが響《ひび》く。

しかし、間もなく俺はサッと血の気が引くのを感じた。

自分が今、なにを口走ってしまったか気がついたからだ。

「い、いや……っ、今のは……、その、ちが……っ」

俺は慌《あわ》てて取り繕《つくろ》おうとするが、焦《あせ》って舌が上手《うま》く回らない。

言った内容自体はなにも間違っちゃいないけど、その言い方が激しく誤解を招くものになっていたのだ。ってか、必死だったからか、圧倒的《あっとうてき》に言葉が足りてなかった。

「ち、違うんだ！　俺は妹が好きってわけじゃなくて、あくまでもあの妹ヒロインの祐花が好きという意味で……っ！」

そう、あの言い方だと、俺がまるで妹という存在そのものを好きだと思われかねない。

もちろん、そんなことあるはずがなかった。だって俺にはリアル妹がいるんだぞ？

なのに妹が好きとか、そんなキモイことありえないだろ⁉

どう考えても完全に手遅《ておく》れだったが、俺は必死に弁解を続ける。


――リアル妹がいるのに妹が好きとか、そういうのはないから安心してくれ。

――でも、お前の作品が面白《おもしろ》いと思ってるのは本当だから、もう新ヒロインなんかに苦しまずに兄妹のイチャイチャを書けばいいんだ。


と、思わず変な言い方になってしまったせいで、無駄《むだ》に複雑になってしまった本心をなんとかわかってもらおうと必死に説明していた時だった。

「……って、あれ？」

なんか、様子がおかしい。

「……は……はにゃ……、ふにゃ……」

見ると、涼花が顔を真っ赤にして口から意味不明な声を出している。

これ以上ないくらい目を見開いて俺を見ているが、気持ち悪いとか死ねとか、そういう様子ではない。

「あ、あの……、涼花？」

「ひゃうぅっ!?」

俺が呼びかけると、涼花は悲鳴を上げて後ずさる。

……反応自体はこの場合妥当《だとう》だと思うけど、なんかちょっと感じが違うような……。

「お、おにぃちゃんが……？　そ、そんな……、うそ……、うそです……」

「い、いや、誤解させるような言い方にはなったけど、ウソなんかついてないぞ？　俺がお前の作品が大好きだってことは紛《まぎ》れもない本心で――」

「す、すすすきって……っ！　わ、わたしのことを……、おにぃちゃんが……っ」

「そうだよ！　俺はお前の書いたあの妹ヒロインが――……って、あれ？」

……今なんか、俺と涼花の間に重大なすれ違いがあったような……。

い、いや、気のせい……だよな？

「う、うそです……っ！　おにぃちゃんはまた、わたしにきをつかって、しょ、そんなことをいってるんです……っ！」

「お、俺がウソをついてるかどうかなんて、お前なら一発でわかるだろ!?　ほら、俺の目を見てくれよ！」

「か、かおがちかいです……っ！　は、はずかしいからそんなにちかづかないで……っ」

俺が前に出ると、その分涼花は後ろに下がる。

しかし、すぐに壁際《かべぎわ》まで到達《とうたつ》すると、涼花は涙目《なみだめ》で俺を見上げた。

「……あ、ありえないです……。おにぃちゃんが、わたしなんかを……」

「な、なんでだよ!?　お前の作品はめちゃくちゃ面白いよ！　さっきも言ったけど、俺はお前の作品みたいなラノベを自分でも書きたいと思ってるんだよ！」

「お、おにぃちゃんもそんな妄想《もうそう》を!?」

「……え？　いや、別に妄想ってわけじゃないと思うんだけど……」

なんか、さっきから会話が嚙《か》み合ってないような気がする。

……やっぱり誤解されてるからだろうか。俺が本心から、涼花の作品が面白いと思ってることを、何としてでもわかってもらわないといけない。

「と、とにかくだ！　お前の作品は今のままでも十分面白いってことだけは信じてくれ！　お前なら俺がウソをついてるかどうかなんて一発で見破れるはずなんだからさ！」

そう言って俺は、じっと涼花を見つめる。

涼花は赤い顔のまま「あぅあぅ」と呟《つぶや》いていたが、やがて恐《おそ》る恐るといった感じで俺の目を見つめ返してきた。

澄《す》んだ宝石のような瞳《ひとみ》が、今は涙で潤《うる》んでいる。

最初の内は戸惑《とまど》いと驚《おどろ》きでいっぱいだった涼花の表情が、だんだんと落ち着いてきたのか少しずつやわらいでくるのがわかった。

トロンとした表情に赤く染まった頰《ほお》。自分から見つめ合っておいてなんだけど、今の涼花は今まで見たこともないくらい可愛《かわい》くて、なんだか無性《むしょう》に恥《は》ずかしかった。

「…………ほ、ほんとう……ですか……？」

やがて涼花は、どこかウットリとした様子で訊《たず》ねた。

「……ああ、本当だ」

「ほ、ほんとうに本当なんですか……？」

「本当に本当だ。……まだ信じられないか？」

「…………いえ、お兄ちゃんは……ウソをついてません……」

涼花は首を振る。どうやら、ようやく信じてもらえたみたいだ。よかった……。

「信じてくれてありがとう、涼花……。お前の作品の面白さがなんなのかって、これで納《なっ》得《とく》してくれたよな？　……そのうえでお願いだ。二巻も一巻と同じように書いてほしい。読者も、それから俺も、そのことを望んでる」

「……そんなの」

涼花は俺の言葉に、わなわなと身体《からだ》を震《ふる》わせる。

……これは、怒《おこ》ってるのか？　やっぱりまだ誤解はとけてなくて、ダメ兄貴があんなキモイ発言をしたことに愕然《がくぜん》としてるんじゃ――

「そんなの――お兄ちゃんにお願いされるまでもありません！」

「え、ええ!?」

が、なぜか涼花は予想外の反応を見せた。

「もうっ、お兄ちゃんはバカです！　それならそうと、どうしてもっと早く言ってくれなかったんですか！　そうしたらこんな苦労をしなくてもよかったんです！　本当にお兄ちゃんはどうしようもないお兄ちゃんです！」

「いや、あの……、ええ!?」

「まったくもう！　もっとしっかりしてくださいといつも言ってるじゃないですか！」

「ご、ごめんなさい⁉」

怒られてるはずなのに満面の笑《え》みと弾《はず》んだ声だったので、俺は戸惑う。

……ってか、どうなってるんだこれは……？

てっきり俺が変な言い方をしたせいで「本気で気持ち悪いです。同じ空気を吸いたくないです」って反応が返ってきて、俺はなんとか涼花の誤解をとく──って展開になると思ってたのに……？

「ああもう！　なんなんですかこのうれしさはっ！　はうぅ……っ！」

涼花は目尻《めじり》に涙を浮《う》かべながら、ギュッと自分の身体を抱《だ》きしめている。

……いや、本当に意味がわからない。

あれだろうか？　俺をキモイとか思う余裕《よゆう》がないレベルで、二巻を無理矢理書いてたんだろうか？　……それくらいしか可能性が思いつかないんだけど。

「はぁ……、お兄ちゃんは新ヒロインなんかより私のことを……。えへ、えへへ……」

えーと……、結局どうなったんだ？　俺はただ単にあの妹ヒロインが好きなのであって、妹属性についてはなんとも思ってないって、ちゃんとわかってくれたんだろうか……。

……まあでも、こうやって涼花がうれしそうにしてるなら、それでよかったんじゃないかと思う俺がいる。

いろいろと疑問は残るけど、涼花がいいなら、それでいいんだ。

「……はっ⁉　こんなことをしてる場合じゃありませんでした！　そうと決まれば早く原《げん》稿《こう》を書き直さないと！　……と、その前に、こんなものはこうです！」

そう言って、あの書きかけの原稿を勢いよくゴミ箱に捨てる涼花。躊躇《ちゅうちょ》がない。

「えっと……、書き直しとなると、篠崎さんにお願いしないといけないよな。俺が電話でなんとか頼《たの》んでみるよ。締《し》め切りの件も謝らないとだし——」

「いえ、その必要はありません」

と、部屋に戻《もど》ろうとする俺を涼花は引き止める。

「原稿はすぐに送りますから、心配は無用です」

「……え？　すぐに送るってお前、これから書き直すんだろ？」

「はい。書き直します。今晩中に」

「は、はぁっ⁉」

今晩中という単語に、俺は頓狂《とんきょう》な声を出す。

「なに言ってんだよお前！　たった一晩で一巻分の原稿なんて——」

「問題ありません。今は書きたくて書きたくてたまらない気分なんです」

「い、いや、だからって……っ！　こ、今晩中⁉」

驚愕《きょうがく》する俺に、涼花は「大丈夫《だいじょうぶ》」と告げて、ふわりと笑う。

「だって——、今は最高の魔《ま》がさしてくれそうですから！」

▼

涼花がキーボードを叩《たた》くリズミカルな音が室内に響く。

俺はベッドにもたれながら、原稿を書く涼花の横顔を見守っていた。

あの後、涼花から書き終わるまで一緒《いっしょ》にいてほしいと頼まれたのだ。

最初は一晩で一巻分なんて到底《とうてい》不可能だと思っていたけど、

——カタカタカタカタカタカタカタカタカタカタカタカタカタ……。

と、今目の前でノンストップでキーボードを叩いてる姿でもわかる通り、本当に完成させてしまいそうだから困る。涼花のやつ、こんなスキルまで持っていたとは。

……やれやれ、俺の妹さまはどんだけ完璧超人《かんぺきちょうじん》なんだよ。

「〜〜♪　〜〜〜〜♪」

機嫌《きげん》がいいのか、涼花が鼻歌を歌っている。こんな姿、初めて見た。

「お兄ちゃんは〜〜♪　妹が〜〜好き〜〜♪　です〜〜♪」

「違《ちが》うから！　可愛いなと思ったキャラが偶然《ぐうぜん》妹属性だっただけだから！」

くそぅ……、さっきからこうやっていじられっぱなしだ……。

リアル妹からこういう風にからかわれ続けるって、どんな罰《ばつ》ゲームだよ……。

でも、どうやらキモイとは思われていないようで、それだけはせめてもの救いだった。

「～～♪」

……しかし、随分《ずいぶん》と楽しそうに原稿を書いてるな。さっきまでとはえらい違いだ。

「ふあぁ……」

「お兄ちゃん？　眠《ねむ》いなら寝《ね》てもらってもいいですよ」

漏《も》れたあくびに、涼花は手を止めることなくそう言った。

安心できたからなのか、連日の徹夜《てつや》の疲《つか》れも相まって強い眠気が襲《おそ》ってきている。

「……お前だって眠いだろうに、俺だけ横でグースカってわけにもいかないだろ」

「私は、お兄ちゃんが傍《そば》にいてくれるだけで十分ですから」

「だ、だからって、そんなカッコ悪いことできるか。なにか手伝うこととかないのか？」

「特にありません。……ですが、それならお話をしてくれませんか？」

「お話……？」

「はい。なんでも構いませんから、ＢＧＭ代わりにお願いします」

「……でも、いきなりお話って言われてもな……」

「では、昔の話をしてください。まだ私達が小さかった頃《ころ》の話を」

まだ俺達が小さかった頃……ね。

俺は、他《ほか》にすることもないので、涼花のリクエスト通り昔話をすることにした。

と言っても、覚えていることはそう多くはないので、断片的《だんぺんてき》でぼんやりとした記憶《きおく》を頭に浮かぶままに口に出すしかなかった。

——そう言えば、俺がラノベに出会ったのっていつだっけ……？　小学校低学年くらいだったかな？　確かどっかの図書館で初めて見つけて……。

——あの頃ラノベにハマって、小遣《こづか》いもお年玉も全部ラノベに使ったんだよな……。ハマりすぎて成績がガタ落ちした時は親父《おやじ》に死ぬほど怒られて……。んでラノベのために成績上位をキープするようになったんだっけ……？　はは、本当にラノベ人生だ……。

——ラノベに出会う前は……、よく覚えてないな……。普通《ふつう》の子供だったと思う……。特に出来が良いわけでも悪いわけでもない……、いや、悪かったのかな……？　お前は昔から優秀《ゆうしゅう》な子供だったけどな……。

俺は思いつくままに、昔のことを語っていく。

しかし、だんだんと意識がぼやけてきて、さっきからしきりにあくびが出る。

涼花の奏《かな》でるキーボードの音がまるで心地《ここち》よい夢の世界に誘《いざな》っているようで、俺の目は自然と閉じていく。


——い、いや、寝てないぞ……？　なんの話だっけ……？　ああ、そうそう、子供の頃の話だったな……。そう言えば、俺とお前って小学校から別々になったんだよな……？お前は昔から頭が良かったから私立に行って、そのまま中学も名門お嬢《じょう》さま学校で……。

——俺は、お前にとっちゃ頼《たよ》りない兄貴だろうな……。何一つお前に勝《まさ》るものがないもんな……。ラノベでさえこの様《ざま》でさ……。まあ最初から出来が違うってわかってるから、特にショックでもないさ……。でも、やっぱショックかもなぁ……。

——なあ、お前はもう忘れてるかもしれないけどさ……。俺、小さい頃にお前を泣かせちまったよな……。なんで泣かせたかは覚えてないけどさ……、あの時から、俺はお前に嫌《きら》われちまって……。ごめんな、涼花……。
――俺がラノベ好きなのは、きっとリアルでもラノベの主人公みたいにカッコよくなりたかったからなんだろうな……。頼れる存在っていうかさ……。だからかな、お前に代理人になってくれって言われた時、実はすっげーうれしかったんだよ……。

意識が深い場所へと流れ込んでいく。
俺はまだ、起きてるのか……？　起きてるなら、話を続けないといけない。
涼花のために……。そして、俺自身のためにも……。

――なあ涼花……。俺……、ちょっとは頼りになる兄貴に……、なれたかな…………？

どこか遠いところから声が聞こえる気がする。
でも、なにを言っているのかわからない。わからないけど、うれしかった。
なぜか、全《すべ》てが報《むく》われたような気がしたから。

そして、俺の意識はそこで途切《とぎ》れた。

★

「できました……」

完成原稿を篠崎さんへ送り、私はようやく全身の力を抜《ぬ》きました。

カーテン越《ご》しに朝の光が差しているのがわかります。スズメの声も聞こえてきます。

私は宣言通り一晩で二巻の原稿を書き上げました。普通ならあり得ない速さでしょう。

でも『お兄ちゃんノート』を書き続けてきた私には大したことではありません。

私はテーブルの上にあるノートに目をやります。

ずっと昔から書き続けてきたお兄ちゃんノートですが、これは三十二冊目です。

過去のノートは誰《だれ》にも見られないよう、全て厳重に保管しています。

内容は、私がお兄ちゃんと過ごしてみたい場面をとりとめもなく書き綴《つづ》ったものなのですが、そもそも私のラノベはこのノートを小説にしたものなんです。

……そのラノベを、お兄ちゃんは面白《おもしろ》いと言ってくれました。

しかも、新ヒロインなんて必要ないくらい、お兄ちゃんは妹ヒロインのことが好きだということも判明しました。

これって、私の想《おも》いをお兄ちゃんが受け入れてくれたということですよね……？

私はそんなことを考えながら、お兄ちゃんの方に目を向けます。

お兄ちゃんはベッドにもたれて、力尽《ちからつ》きたかのような姿勢で寝息を立てていました。

「…………はぅ」

というか、寝顔が可愛《かわい》すぎます。これは犯罪的ではないですか？　こんな無防備な姿を私以外の女性に見せるわけにはいきません。ただでさえお兄ちゃんはモテるんですから。

「氷室さんは一番警戒《けいかい》しないといけません。Wピースさんも怪《あや》しいですし、篠崎さんも、どうやらお兄ちゃんのことを気に入ってるみたいです。それにバイト先の江坂《えさか》さんという人も怪しいですし、うちの学校でお兄ちゃんのことを知る女子ももしかしたら……」

困りました。周りはライバルばかりです。

一番の誤算は、お兄ちゃんに代理人になってもらったことで、美しい女性がなぜか接近してきたことです。

せっかく共通の話題ができて、素直《すなお》になれない私が少しでもお兄ちゃんと仲良くなれるチャンスだと思ったのに……。

「お兄ちゃんは私のお兄ちゃんなんですからね？　忘れてはダメですよ……？」

私はお兄ちゃんの横に座って、そう囁《ささや》きます。起きてる時にはとてもじゃないですが言えない台詞《せりふ》です。私は、自分のこの素直になれない性格が大嫌《だいきら》いです……。

でも、お兄ちゃんもちょっと鈍感《どんかん》すぎやしませんか？

私があんな内容のラノベを書いた時点で、気づいてくれたっていいと思うのですが。

……いえ、無理ですね。お兄ちゃんですから。鈍感さでは右に出る者はいません。

「……お兄ちゃんのバカ。面白いと思っていたなら、最初からそう言ってくれればいいんです。そうしたら、私ももっと素直に……」

……いえ、無理ですね。私のこの捻《ひね》くれた性格は、自分で言うのもなんですが筋金入りですから、きっとあの時みたいに自爆《じばく》していたに違いないです。

あの時――私とお兄ちゃんがまだ小学校の低学年だった時です。

ある日、私は不注意からお父さんが大事にしていた高価なお皿を割ってしまいました。

私はどうすればいいのかわからず、怖《こわ》くなってその場で震《ふる》えていました。そこにお兄ちゃんがやって来て、私の罪をかぶってくれたんです。

ひどく怒《おこ》られたお兄ちゃんでしたが、平気を装《よそお》って私を元気づけてくれました。

でも、あろうことか私はそこで泣き出してしまったんです。

どうしてお兄ちゃんはそんなことをするのか、どうして私はお兄ちゃんにそんなことをさせてしまったのか……。

そんなことばかりが頭の中をグルグルと回り、混乱した私はついに「お兄ちゃんなんて嫌い！」と口に出してしまいます。もちろん本心ではありません。ですが、この一言が決定的な亀裂《きれつ》になってしまいました。

それから、私はお兄ちゃんに素直に接することができなくなりました。

お兄ちゃんも、どこか私を避《さ》けるようになってしまいました。

全ては私の性格が原因です。私の方こそ、お兄ちゃんに謝らないといけないのに……。

その頃からお兄ちゃんはラノベに没頭《ぼっとう》していきます。

私も仲直りのきっかけにと思って読んでみましたが、いまいちピンときませんでした。

ですが、どこか私のお兄ちゃんノートに通じるものを感じたんです。

……私がラノベ大賞を取れたのは偶然でした。私には作家としての才能なんてありませんから。ただ、お兄ちゃんへの想いは誰にも負けない。それだけです。

「し、失礼します……」

私はお兄ちゃんの腕《うで》に抱《だ》き付きます。こんな大胆《だいたん》な行為《こうい》ができるなんて、我ながら信じられません。けれど、今は特別なんです。なにせ、私達は両想いになったんですから。

そう、両想いです。

お兄ちゃんは私の書いた妹が好きです。そしてあのキャラは私自身でもあります。

つまり、お兄ちゃんは私が大好きということです！　完璧《かんぺき》な三段論法です！

わ、私もお兄ちゃんのことが大好きですから、愛していますから！　これはもう私達は恋人《こいびと》、いえ夫婦、いえ魂《たましい》の伴侶《はんりょ》と言っても過言ではないでしょう！

だったら、今から私がすることも許されます。恋人だったら当然の行為ですから。

「お兄ちゃん……」

私はゆっくりと、お兄ちゃんの顔に近づいていきます。

もちろんき、きききキスをするためにです。

……とはいえ、さすがに恋人同士といっても、寝ている相手の唇《くちびる》を奪《うば》うのは卑怯《ひきょう》です。

名残惜《なごりお》しいですが、ここは我慢《がまん》します。

その代わり、ほっぺたにき、キスするのは……いいですよね？

「い、いきます……っ」

私は目を瞑《つぶ》り、ゆっくりと唇を近づけます……。

――チュッ。

「――――っ!!」

唇に柔《やわ》らかい感触《かんしょく》がして、ジンジンとした熱さがやってきます。私は口元を押さえながら、急いで身を退《ひ》きました。

ついに、ついにお兄ちゃんにキスしてしまいました……っ。ほっぺたにですけど、これはもう結婚《けっこん》したと同義です。私達は夫婦になりました！

「えへ、えへへ……」

ダメです。頬《ほお》が緩《ゆる》んで顔が引き締《し》まりません。それどころか全身の力が抜けて、私はそのままお兄ちゃんへと倒《たお》れ込みます。頭をお兄ちゃんの太ももにのせて寝転《ねころ》がると、全身が震えるほどの幸福感が押し寄せてきました。

「あ……ふぅ……」

思わずため息が漏《も》れます。同時に、気が緩んだのか、全身に疲労感《ひろうかん》が押し寄せてきて、意識が遠のくのがわかります。

ですが、今は疲《つか》れさえも心地いい気分です。だってこうやって、久しぶりにお兄ちゃんと一緒《いっしょ》に、寄り添《そ》って眠《ねむ》ることができるんですから。

「おやすみなさい、お兄ちゃん……。それから、ありがとうございました……」

私はお兄ちゃんにお礼を言いながら目を瞑ります。

こんな素直じゃない私のことをいつも助けてくれて、本当にありがとう……。

「お兄ちゃん、大好き……」

CHARACTER 6

永見涼花

Suzuka Nagami

年齢：14歳↵
身長：152cm↵
スリーサイズ：72/54/79↵
趣味：お兄ちゃんのお世話↵
好きなもの：お兄ちゃんとの時間↵
嫌いなもの：お兄ちゃんに対して素直になれない自分↵

名門お嬢さま学校である白桜女学院中等部の三年生で、生徒会長も務める。誰もが認める完璧超人だが、中身はお兄ちゃんが大好きだけど素直になれない妹。普段はクールだが兄のことになると途端にネジが外れる。

エピローグ

『いや、実にいい気分だな。先生も遠慮《えんりょ》なく一杯《ぱい》やってくれたまえ』

「篠崎《しのざき》さん……。今までの電話も大概《たいがい》でしたけどね、さすがに酒を飲みながらかけてくるのはどうかと思いますよ!?」

もう六月も終わろうかという夜のこと。

俺は例によって例のごとく、篠崎さんの電話の相手をしていた。

『改稿《かいこう》も終わって、やっと二巻の原稿《げんこう》が完成したんだ。相変わらず素晴らしいクオリティだし、またバカ売れするかと思うと前祝いもしたくなるというものさ。新ヒロインは結局登場させられなかったが、それが必要ないくらい妹を可愛く書くとはな。さすがだ』

「……そ、そいつはどうも」

『それにうれしい話も持ち上がってきたが、それはメールで送っておいたからもう知っているだろうね。とにかく、今日はお祝いだ。電話越《ご》しで悪いが、乾杯《かんぱい》といこう』

「いや、あの……、ちょっと用事があるんで、今日はもう電話切ってもいいすか……」

『む？　ああ、すまない。アレの最中だったのかな？　これは無粋《ぶすい》なことをした。お詫《わ》びに今度ムラムラッと来たら電話をくれたまえ。君の自慰行為《じいこうい》の役に立つような喘《あえ》ぎ声を出せるように勉強しておくから』

「あんたはまず常識ってもんを勉強しろ！」

俺は怒鳴《どな》りながら通話を切った。が、またすぐさまスマホが鳴りだす。

「またか⁉　って、今度は舞《まい》かよ……っ。はい、もしもし……？」

『あんたねぇ！　いつまで話し中なのよ！　私が何回電話したと思って──』

──ピッ。

「ふぅ……、ってすぐさまかけなおしてくんのかよ！　もしもし……」

『ちょ、ちょっと！　なんで今切ったの⁉　二巻の原稿が完成したって聞いたから、おめでとうって言おうと思ったのに！』

「そ、そうだったのか……、そりゃありがと──って、待てよ？　なんでお前がそんなこと知ってんだ？」

『私クラスになると編集部から情報を引き出すくらいわけないわ！　もう予約も済ませてあるんだからね！　初動で百冊は買うから、全部にサインしてもらうわよ！』

「えげつない労力を平然と要求してんじゃねえよ‼」

俺は舞との会話も早々に打ち切って、スマホを放《ほう》り投げた。

「……って、また鳴ってるし。今度は……Ｗ《ダブル》ピース先生か」

俺はスマホを拾い直し、ウンザリしながらも電話に出た。

『こんばんは先生！　二巻も素晴らしい出来になりマシたね！　先生の一番のパートナーとして、私もとってもうれしいデスよ！』

「それはどうも、ありがとうございます……」

『今回もすごくエロくてよかったデス！　やっぱり先生はエロの才能がありマス！　うちの会社でシナリオライターやりマセんか!?　一緒にエロゲを作りマショう！』

「鬼畜《きちく》エロゲのシナリオとか絶対にごめんです！」

『違《ちが》いマスよ、純愛モノデス。借金のかたに引き取った娘《むすめ》をメイドとして調教する主人公デスが、なんとその娘は主人公の妹と判明するのデス。主人公は葛藤《かっとう》しながらも、背徳感を感じながら妹の身体《からだ》を開発していく……という感じの純愛ラブストーリーデス！』

「Ｗピース先生はまず純愛の意味を辞書で調べた方がいいと思いますね！」

俺は通話を切ると、スマホをベッドの上に投げ捨てた。

「……くそっ、こんなことしてる場合じゃないってのに……っ」

俺は泣きそうな気分になりながら、ノートＰＣの前に座る。

そしてブラウザを立ち上げ、流星文庫大賞《りゅうせい》の一次選考発表ページを開いた。

あの涼花《すずか》との一件があった後、俺は大急ぎで自分の原稿を書き上げたのだ。

まるで涼花に引っ張られるような形で、自分でも不思議なほどスラスラ書けた。

まあ、あいつみたいに一晩でとまではさすがにいかなかったけど、それでも数日で書き上げて、なんとか締め切りに間に合ったってわけだ。

「で、お兄ちゃん、一次選考は通過したんですか？」

「うおわっ⁉」

いきなり背後から聞こえた声に振《ふ》り向くと、そこには涼花が立っていた。

「だ、だからなんでお前はいつも気配を消して入ってくるんだよ！」

「いつもちゃんとノックしてます。で、どうなんですか？　そのページ、お兄ちゃんが送ったラノベ大賞の結果が載《の》っているんでしょう？」

「……今からだ」

涼花と一緒に結果を見るのはちょっと気後《きおく》れしたが、俺はページを確認《かくにん》する。

一次選考通過者の一覧。そこに俺の名前は――――あった。

「………あ、ある？　お、俺の名前が……？　お前にも見えてるか……？」

「はい、確かにあります。間違いありま――」

「うおおおおおおっ！　やった！　ついにやったぞおおおおおおおぉぉっ！」

俺は立ち上がり、渾身《こんしん》のガッツポーズを決める。

「……うれしいのはわかりますが、ちょっと落ち着いてください」

「これが落ち着いてなんていられるか！　初めて一次選考を通過したんだぞ⁉　苦節三年、やっと俺の苦労が実を結んだんだ……っ！」

「いえ、あの……、まだ二次とか三次の選考もあるのでは……」

俺は喜びのあまり、涼花の言葉も聞かずに「やったやった！」と部屋中を飛び回った。

そして数分後、ようやく落ち着いた俺は涼花がジト目で見ていることに気がつき、こほんと咳払《せきばら》いをして「……で、何の用なんだ？」と訊《たず》ねた。

「……はぁ。私は報告に来たんです。今度サイン会をやるそうですので、お兄ちゃんお願いします。それと、アニメ化が決まったとか篠崎さんからメールが来てました」

「サイン会か……。そりゃ人気作家だし、あるよな。で……、え？　あ、アニメ化⁉」

「どうしてそこでショックを受けるんですか」

「い、いや、せっかく一次選考通過でお前との差が縮まったかと思ってたのに、これでまた広がるかと思うとちょっと……」

「なにを言ってるんですか。私達は二人で一人のラノベ作家だって、何度も言ってるじゃないですか。わ、私の作品はお兄ちゃんの作品でもあるんです」

……でもな、やっぱり自分の書いた作品で賞を取ってデビューしないことには……。

「……って涼花？　その後ろに持ってる袋《ふくろ》は何なんだ？」

「ああ、これは洋服です。お兄ちゃんのために買ってきました」

「え？　俺のためにって……」

「この前一緒にお出かけした時、お兄ちゃんと私の服装が合ってませんでしたから」

「細かいとこ見てるなぁ……。でも、そんなことくらいでわざわざ？」

「大事なことです。……だ、だってこれからは、ますますお兄ちゃんと一緒にお出かけしたりすることが増えるでしょうから……」

なぜか目を逸《そ》らしながら言う涼花。頬が少し赤く見えるのは気のせいか……？

「し、仕方ありませんよね？　私も妹として、お兄ちゃんの面倒《めんどう》を見ないといけませんからね？　はい、これは当然のことです」

「え？　ちょ、ちょっと待ってくれ。なんだよその、ますます一緒に出かける機会が増えるとか、俺の面倒を見ないといけないとか……」

「だってお兄ちゃんは、わ、私の書いた妹ヒロインが好きじゃないですか？」

……ぐっ！　あの一件以来、ことあるごとにそれを言われるようになっちまった……！

「ということは、これからどんどん妹モノのラノベを書いていくわけじゃないですか。そうしたら、取材する機会も増えるわけで。私も、その、取材の対象として協力しないわけにはいきませんし……。いえ、本当は迷惑《めいわく》なんですよ……？　でもでも」

「しゅ、取材の対象……？　ってか妹モノって……っ！」

……これってまさか、涼花のやつ、ものすごい勘違《かんちが》いをしてるんじゃないか……？

「お前、なんかおかしなこと考えてないか!?　確かに俺はあの妹キャラは大好きだけどな、だからって妹全般《ぜんぱん》が好きとか、そういうことは全然ないからな!?」

「……え？　で、でも、今回通過した作品は妹モノなんじゃないんですか？　だってお兄ちゃん、私の作品を参考にしたって……」

「参考にしたのは祐花《ゆうか》のヒロインとしての可愛《かわい》さであって、妹って部分じゃない！　その証拠《しょうこ》に、今回の作品のヒロインは妹じゃなく幼馴染《おさななじみ》だ！」

ついでに、舞台《ぶたい》は現代じゃなくバリバリのファンタジーだ！

「……………え？」

その反応、やっぱり誤解をしたままだったみたいだな……。

ここは、改めてちゃんと否定しておかないと俺の尊厳にかかわる……っ！

「あ、当たり前だろ!?　いくら可愛いと思えるキャラが妹だったからって、それで妹って存在そのものを好きになるはずないじゃないか！」

そもそも俺には涼花というリアル妹がいるんだ。

なのに妹属性を好きになるとか、そんなのあり得ない、あっちゃならないだろ!?

「……だからさ、変に気をつかわずに安心してくれていいぞ？　俺は妹って部分には、なに一つこだわりなんてないんだからな？」

俺はごくごく真っ当なことを言ったつもりだが、涼花は小刻みに身体を震《ふる》わせて、

「……ふ、ふふ、そうでした……。お兄ちゃんは、こういう人でした……。いつだって優《やさ》しくて、いつだって腹立たしいことこの上ない……っ！」

「あ、あの――……、涼花さん？」

「お兄ちゃん！」

「は、はいっ!?」

涼花の迫力《はくりょく》に、俺は思わず気をつけの姿勢になる。

「お兄ちゃんはもうちょっとしっかりしてください！　そんな鈍《にぶ》さだからいつまで経《た》ってもラノベ大賞が取れないんですよ！」

「ええ!?　どういうこと!?」

「ああもう……っ、これじゃ私がバカみたいじゃないですか……っ！」

なぜか涼花はご立腹の様子で、そのまま俺の部屋を出て行ってしまった。

……な、なんだよ？　俺、何か怒《おこ》らせるようなこと言ったか？

「お兄ちゃん」

「うわっ⁉　ま、まだ何かあるのか⁉」

出て行ったと思った涼花が戻《もど》ってきて、俺は焦《あせ》る。

「言い忘れていたことがありました」

「い、言い忘れてたこと？」

「はい。一次選考通過、おめでとうございます、お兄ちゃん」

「……え？」

「いろいろと言いたいことはありますけど、でも、お兄ちゃんの夢が一歩前に進んだことは私もうれしいです。これからもがんばってください。私、応援《おうえん》していますから」

真剣《しんけん》なまなざしで俺を見つめる涼花。

今まで自分の夢を誰《だれ》かに応援された経験なんてなかった俺は、

「あ、ありがとう……」

と、戸惑《とまど》いつつも、内心ではかなり感動してしまっていた。

なにより、あの涼花に応援されたって事実が、うれしくてたまらなかった。

「って、お兄ちゃん、なんで泣いてるんですか」

「なっ⁉　泣いてなんかいないぞ⁉　これは目から汗《あせ》が……っ！」

「……本当にわかりやすいですね。そういうのは大賞を取ってからにしてください」

……でも、相変わらず容赦《ようしゃ》ってものが欠片《かけら》もないなこいつは！

「くそっ、言われなくてもそのつもりだよ！　……でも、俺は大賞を取ったらお前の代理人を辞めるって言ってるのに、よく応援なんてできるな……」

「もちろんお兄ちゃんには、これからもずっと代理人を続けてほしいです」

でも――と、涼花は続ける。

「……でもそれ以上に、私はお兄ちゃんに、夢をかなえてほしいと思っているんです」

胸の前でそっと手を組み、まるで祈《いの》るような口調の涼花。

そして「用事はそれだけです」と言って、再び俺の部屋から出て行こうとしたので、俺は慌《あわ》てて呼び止めて訊《き》いた。

「どうして、そんな風に思うんだ……？」

すると涼花は、今まで見たこともないほど優しい笑《え》みを浮《う》かべ、

「そんなの、私がお兄ちゃんの妹だからに決まってるじゃないですか」

そう言って、静かにドアを閉めた。

後に残された俺は、ドキドキと高鳴る心臓の音を聞きながら、放心していた。

……涼花ってあんなに可愛く笑うんだな………。

「って、何考えてんだよ俺は⁉　涼花は妹なんだぞ⁉　妹相手になんでドキドキなんてしてるんだよ俺はああああああぁぁっ‼」

俺は「うわあああああぁぁぁっ」と叫《さけ》びながら床《ゆか》に倒《たお》れ込む。

ベッドの上ではスマホが再び鳴りだしていたが、そんなことに気づく余裕《よゆう》があるはずもなく、俺は延々と部屋の中を転がり続けるのだった。

あとがき

はじめましての方は、はじめまして。恵比須清司《えびすせいじ》です。

お久しぶりという方とは、またお会いできて本当にうれしく思います。

さて「俺が好きなのは妹だけど妹じゃない」という、タイトルからして捻《ひね》くれまくってる作品ですが、いかがだったでしょうか？

今作は素直になれない妹と、これまた素直になれない兄との関係が、とある事情でどんどん周りを巻き込んで大きくなっていってしまうというコメディ形式の物語です。

「この兄妹《きょうだい》は本当にしょうがないなぁ」なんて思いながら笑って読んでいただけると、ヒィヒィ言いながらなんとか書き上げた苦労も報われるというものです。


さて、本書が一冊の本として世に出るまでには、多くの方のお力添えがありました。

イラストレーターのぎん太郎《たろう》さんは、おぼろげなイメージでしかなかったキャラクターに見事命を吹き込んでくれました。すさまじく可愛く、程よくエロく（ここ重要）、そしていい意味で意表を突かれたデザインに、最初見た時はリアルで呆然自失《ぼうぜんじしつ》。気づいたら二時間近くもイラストを眺めてニヤついていました。
キャラデザは当然のように全て一発で決まり、わずかな修正を経て現在に至ります。なので没デザインとかはほとんどありません。わずかに出た差分を、宝物としてしっかり保存しているくらいです。

担当編集の小林さんには、前作に引き続き多大なご支援を賜りました。行き詰まっている時にも根気強く支えていただき、どれだけ感謝してもしきれないくらいです。
そもそも、今作の兄と妹についての大まかなアイデアは小林さんが発案したものです。それを私が魔改造し、何度も打ち合わせと修正を重ねた結果、できあがったのが本作と思ってください。決して私一人の力で書き上げたものではないということだけは、この場を借りてはっきり主張しておきます。

また、本書の出版に関わる全ての方々、そしてなにより、このラノベを手に取ってくれたあなたにも心からの感謝を述べたいと思います。ありがとうございました。
それでは、また会える日があればその時に――

二〇一六年七月六日　恵比須　清司

お便りはこちらまで

〒一〇二―八〇七八
ファンタジア文庫編集部気付
恵比須清司（様）宛
ぎん太郎（様）宛

富士見ファンタジア文庫

俺《おれ》が好《す》きなのは妹《いもうと》だけど妹《いもうと》じゃない

平成28年8月25日　初版発行
平成29年5月20日　六版発行

著者——恵比須清司《えびすせいじ》

発行者——三坂泰二
発　行——株式会社KADOKAWA
http://www.kadokawa.co.jp/
〒102-8177
東京都千代田区富士見2-13-3
0570-002-301（カスタマーサポート・ナビダイヤル）
受付時間 9：00～17：00（土日 祝日 年末年始を除く）

印刷所——旭印刷
製本所——本間製本

※定価はカバーに表示してあります。
落丁・乱丁本は、送料小社負担にて、お取り替えいたします。KADOKAWA 読者係までご連絡ください。（古書店で購入したものについては、お取り替えできません）
電話 049-259-1100（9：00～17：00／土日、祝日、年末年始を除く）
〒 354-0041 埼玉県入間郡三芳町藤久保550-1

ISBN978-4-04-072033-3 C0193

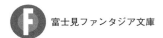

ズ!s
みない?」
「じらせゲーマーたちによる
すれ違い錯綜青春ラブコメ！
ファンタジア文庫

冴えない
「お前を、胸がキュンキュンするような
メインヒロインにしてやる!」
大人気メインヒロイン育成コメディ!
ファンタジア文庫

1~2巻好評発売中！
Misaki Honoka
水崎萌香
優等生にして、一真の彼女。エロゲを教えてもらうことに!?
初めてできた
優等生の彼女
自分好みに染

31回
ファンタジア大賞
原稿募集中！
賞金
〈大賞〉300万円
〈金賞〉50万円
〈銀賞〉30万円
胸がキュンキュンするような
原稿待ってるよ！
締め切り
前期 2017年8月末日
後期 2018年2月末日
選考委員
葵せきな「ゲーマーズ！」
×石踏一榮「ハイスクールD×D」
×橘公司「デート・ア・ライブ」
×ファンタジア文庫編集長
投稿＆最新情報▶http://www.fantasiataisho.com/
イラスト：深崎暮人